蔡瀾選集・玖

鬼話連篇

www.cosmosbooks.com.hk

書　　名　蔡瀾選集・玖——鬼話連篇
作　　者　蔡　瀾
出　　版　天地圖書有限公司
香港皇后大道東109 -115號
智群商業中心13字樓（總寫字樓）
電話：2528 3671　傳真：2865 2609
香港灣仔莊士敦道30號地庫 / 1樓（門市部）
電話：2865 0708　傳真：2861 1541
印　　刷　亨泰印刷有限公司
柴灣利眾街德景工業大廈10字樓
電話：2896 3687　傳真：2558 1902
發　　行　香港聯合書刊物流有限公司
香港新界大埔汀麗路36號中華商務印刷大廈3字樓
電話：2150 2100　傳真：2407 3062
出版日期　2019年10月初版・香港

ISBN 978-988-8547-28-9

出版説明

蔡瀾先生與「天地」合作多年，從一九八五年出版第一本書《蔡瀾的緣》開始，至今已出版了一百五十多本著作，時間跨度三十多年，可以説蔡生的主要著作都在「天地」。

蔡瀾先生是華人世界少有的「生活大家」，這與他獨特的經歷有關。他祖籍廣東潮陽，新加坡出生，父母均從事文化工作，家庭教育寬鬆，自小我行我素，放蕩不羈。中學時期，逃過學、退過學。由於父親管理電影院，很早與電影結緣，求學時便在報上寫影評，賺取稿費，以供玩樂。也因為這樣，雖然數學不好，卻苦學中英文，從小打下寫作基礎。

上世紀六十年代，遊學日本，攻讀電影，求學期間，已幫「邵氏電影公司」工作。學成後，移居香港，先後任職「邵氏」、「嘉禾」兩大電影公司，監製過多部電影，與眾多港台明星合作，到過世界各地拍片。由於雅好藝術，還在工餘尋訪名師，學習書法、篆刻。

八十年代，開始在香港報刊撰寫專欄，並結集出版成書。豐富的閱歷，天生的愛好，為熱愛生活的蔡瀾遊走於東西文化時，找到自己獨特的視角。他筆下的遊記、美食、人生哲學，以及與文化界師友、影視界明星交往的趣事，都栩栩如生地呈現在讀者面前，成為華人世界不可多得的消閒式精神食糧。世上有錢人多的是，但不一定有蔡生的機緣，可以跑遍世界那麼多地方；世上有閒人多的是，也許去的地方比蔡生多，但不一定有他的見識與體悟。很多人說，看蔡生文章，如與智者相遇、如品陳年老酒，令人回味無窮！

蔡瀾先生的文章，一般先在報刊發表，到有一定數量，才結集成書，因此「天地」出版的蔡生著作，大多不分主題。為方便讀者選閱，我們將近二十年出版的蔡生著作重新編輯設計，分成若干主題，採用精裝形式印行，相信喜歡蔡生作品的朋友，一定樂於收藏。

天地圖書編輯部

二〇一九年

與蔡瀾同行

*金庸

除了我妻子林樂怡之外，蔡瀾兄是我一生中結伴同遊、行過最長旅途的人。他和我一起去過日本許多次，每一次都去不同的地方，去不同的旅舍食肆；我們結伴共遊歐洲，從整個意大利北部直到巴黎，同遊澳洲、星、馬、泰國之餘，再去北美，從溫哥華到三藩市，再到拉斯維加斯，然後又去日本。我們共同經歷了漫長的旅途，因為我們互相享受作伴的樂趣，一起享受旅途中所遭遇的喜樂或不快。

蔡瀾是一個真正瀟灑的人。率真瀟灑而能以輕鬆活潑的心態對待人生，尤其是對人生中的失落或不愉快遭遇處之泰然，若無其事，不但外表如此，而且是真正的不縈於懷，一笑置之。「置之」不大容易，要加上「一笑」，那是更加不容易了。他不抱怨食物不可口，不抱怨汽車太顛簸，不抱怨女導遊太不美貌。他教我怎樣喝最低劣辛辣的意大利土酒。怎樣在新加坡大排檔中吮吸牛骨髓，我會皺起眉頭，他始終開懷大笑，所以他肯定比我瀟灑得多。

我小時候讀「世說新語」，對於其中所記魏晉名流的瀟灑言行不由得暗暗佩服，後來才感到他們矯揉造作。幾年前用功細讀魏晉正史，方知何曾、王衍、王戎、潘岳等等這大批風流名士、烏衣子弟，其實猥瑣齷齪得很，政治生涯和實際生活之卑鄙下流，與他們的漂亮談吐適成對照。我現在年紀大了，世事經歷多了，各種各樣的人物也見得多了，真的瀟灑，還是硬扮漂亮一見即知。我喜歡和蔡瀾交友交往，不僅僅是由於他學識淵博、多才多藝，對我友誼深厚，更由於他一貫的瀟灑自若。好像令狐沖、段譽、郭靖、喬峰，四個都是好人，然而我更喜歡和令狐沖大哥、段公子做朋友。

蔡瀾見識廣博，懂的很多，人情通達而善於為人着想，琴棋書畫、酒色財氣、吃喝嫖賭、文學電影，甚麼都懂。他不彈古琴、不下圍棋、不作畫、不嫖、不賭，但人生中各種玩意兒都懂其門道，於電影、詩詞、書法、金石、飲食之道，更可說是第一流的通達。他女友不少，但皆接之以禮，不逾友道。男友更多，三教九流，不拘一格。他說黃色笑話更是絕頂卓越，聽來只覺其十分可笑而毫不猥褻，那也是很高明的藝術了。

過去，和他一起相對喝威士忌、抽香煙談天，是生活中一大樂趣。自從我試過心臟病發，香煙不能抽了，烈酒也不能飲了，然而每逢宴席，仍喜歡坐在他旁邊，一來習慣了，二來可以互相悄聲說些席上旁人不中聽的話，共引以為樂，三則可以聞到一些他所吸的香煙餘氣，稍過煙癮。蔡瀾交友雖廣，不識他的人畢竟還是很多，如果讀了我這篇短文心生仰慕，想享受一下聽他談話之樂，未必有機會坐在他身旁飲酒，那麼讀幾本他寫的隨筆，所得也相差無幾。

---

*這是金庸先生多年前為蔡瀾著作所寫的序言，從行文中可見兩位文壇健筆相交相知之深，相信亦有助讀者加深對蔡瀾先生的認識，故收錄於此作為《蔡瀾選集》的序言。

目錄

紫色大峽谷 012
粉紅兵團 018
小　雲 023
黑色的女巫 028
富士山的阿雪 034
草原上的陶卓瑪 040
阿岩的故事 045
來自地獄的電郵 050
黑輕舟 055
幽靈生意 060
餓死鬼 065

書癡 070
玫瑰的諾言 076
咲兒 085
杜十三 090
史惜惜 095
鏡子 100
花兒 105
訪客 110
嬌娜 115
鬼新娘 120
黑衣少女 125
畫皮新傳 130
乾玫瑰 135
小宇 140

藍眼少女　145
三女吧　150
千年舞會　155
夏　女　160
雪姬的故事　174
盂蘭派對　179
月圓的泰姬陵　184
藍　眼　189
藍色的天堂　194
畫　壁　199
花蒂瑪　204
火　浴　209
時辰仙子　214
公孫十娘　219

鬼飲食 224
王十娘 229
巧 娘 234
靈小姐 239
火山珊珊 244
伊蓮妮的故事 249
木偶美人 254
藏女幽魂 259
雙精記 264
朝顏的故事 269
阿寒湖的阿寒 274
深秋寒山寺 279
秋天的鬼故事 284

紫色大峽谷

林大洋有個表弟叫一二三，是個小胖子。一二三的媽媽，大洋母親的妹妹是比嬉皮士還早的畢逆客，取兒子的名字也取得比別人怪。

「我沒讓他上過正統的學校。」一二三的媽說：「一切由我教他，旅行方面，交給你去指導。」

一二三嚷着去美國大峽谷，大洋已經到過好幾次，也答應再陪他，機票由一二三安排，先飛洛杉磯再轉拉斯維加斯。

「表哥，你從前是怎麼去的？」一二三問。

「我們從科羅拉多走路進去，到達了激流再乘船。」大洋說：「哪像你這個有錢少爺包飛機？」

不久之前還有幾單意外，這些小型機一遇到氣流就完蛋，而大峽谷的氣流不是鬧着玩的。

「我們年輕人，不怕。」一二三自己壯膽。

大洋豁達地：「我們活過，才不怕。你們年輕，沒有活夠，才怕。」

現在是春天，太陽沒那麼早昇起，約好了清晨六點鐘起飛，到大峽谷中看日出。

這是架三人座的色士納，機師比一二三還要胖，滿口酒味，也顧不了那麼多，大洋和一二三爬進機艙。

東方人形容為魚肚發白，其實太陽昇起來之前天空絕對不白，是一片紫色，照得整個大峽谷像個紫色的世界。

「主要是看這些大石頭？」一二三大聲問。

大洋搖搖頭，在他耳邊說：「是看人類的渺小。」

遠處，出現了沉船巖，是塊整座山那麼大的石頭，像鐵達尼號翻沉，太陽從巖石後昇起。空氣變熱，引起變化，飛機捲入不安定氣流。忽然，機師抱着心臟呻吟，手離駕駛盤，整架飛機倒栽蔥一般，直跌下去。

一二三嚇得臉色又白又青，大洋則覺得這樣走的話，也好，真像一二三的名字，一二三就沒有了，有如人家把電視一開，人就有了生命；一關掉，即刻結束。

來的快，去的快，不是一件很壞的事。

呼吸越來越困難，往下直衝的飛機，原來要經過那麼長的時間才到底，有了這個念頭，一切好像被拉長了。大洋做了一個幾秒鐘的夢，又如一生那麼長的夢。

一個少女從河流中露出頭來，整身赤裸。

「你……你是誰？」大洋問：「這又是哪裏？天堂？地獄？」

少女用皮草擦乾身體：「生出來就是這麼一個地方，我也不知道自己是誰，這裏是哪裏。」

大洋看着她那麼迷人的身體和那未成熟的乳房，前端是粉紅色。

「我——」少女微笑：「好看嗎？」

大洋大力點頭，少女更樂，把他帶進印第安人部落，其他人都走前來摸摸大洋，好奇地看看他那黃色的皮膚。

「你和那些白人不同。」少女說：「他們侵佔了我們狩獵的地方，現在我們只有躲在這裏。」

村裏的人獻上種種不同的烤魚，又拿煙斗給大洋抽，大洋聞到濃厚的大麻味道，人更迷糊，想法也和這群印第安人一樣單純起來。

「你們每天做些甚麼？」大洋有一百個問題。

「早上抓魚。」少女說：「晚上做生孩子的事。」

「那太好了。」大洋笑了出來：「一生人就那麼過？」

「一生人有多久我不知道。」少女說：「一天過一天，我只知道這麼多。」

大洋現在才發現為甚麼這個女人那麼好看，原來她的臉上從來沒有出現過疑問的表情。

「現在是白天，我們騙自己說是晚上好不好？」大洋看她看得動情。

「在我們這裏要做甚麼就做甚麼。」少女說：「不必騙人。」

大洋感到羞恥，發誓不會騙她。

「我還沒試過，你會做嗎？」少女打開包着身體的皮草：「要用甚麼東西來蓋一蓋？」

「用白雲好了。」大洋說。

這個答案少女很滿意，兩人在平原上溫柔地蠕動起來。唉，少女輕輕嘆出一口氣，當大洋進入她的身體時。大洋的動作越來越強烈，少女已經受不住，但又不肯失去這種又痛苦又愉快的經驗，緊緊抱着大洋。

事後，大洋深吻着她，口中一陣甜蜜，不禁叫了出來：「像糖一樣。」

「糖。」少女記起了：「我吃過，是小孩子的時候，一個白人傳教士教我們英語時獎勵的，真好吃。」

「那個傳教士現在在哪裏？」大洋問。

「他回去了。」少女憂鬱：「他説這裏日子好過，但是太單調。他走了，我很不開心。你呢？你會走嗎？我不要你走，我不要不開心。」

大洋知道自己非走不可，衝口而出：「我會再來，到時買一大包糖給你吃。」

説甚麼也不應該欺騙這個少女，但已經太遲。大洋忽然整個人往下墮落，回到飛機裏面。

聽到啪、啪、啪的聲音，有人在打耳光：「你醒醒，你醒醒。」

大洋摸着臉，不感到痛楚。張開眼，看到一二三在摑飛機師的嘴巴，但還是叫不醒他。一二三把飛機師拉開，跳進駕駛位，大力把輪盤拉起，飛機在撞到谷底之前又飛了上來，逃過大難，安全降落在跑道上。

「想不到你會開飛機。」大洋讚許。

「媽媽教的。」一二三說。

大洋覺得這個表弟不錯，下次叫他再駕飛機來，帶一包糖，做自己答應過的事。

粉紅兵團

一直在海外長大的表弟一二三，從來沒到過長城，他的口頭禪是：「我不是好漢，我不是好漢。」

林大洋嘆了一口氣：「好，就帶你去玩玩。」

兩人搭港龍航空，從香港起飛，三個多小時之後抵達北京，在酒店放下行李後就叫了輛車子，直奔長城。

依然是那麼宏偉，近看綿綿萬里，外星人從太空望下，是地球上人類唯一生存的證據。

大洋和一二三登上長城越走越遠，已不見其他遊客跟得上。到了一處，林大洋看見牆角一處有凸出來的痕跡，用手輕輕撥開泥沙，原來是一座土地廟，便幫它整理了一下，拜了一拜。

嘭的一聲，一陣濃煙過後，出現了一個長着鬍鬚的老頭，身穿緊套的 Dunhill 西裝。

「唔……你是甚麼人？」一二三驚叫。

大洋說：「他一定是土地公。」

老紳士笑了：「還是這位先生聰明，我就是不折不扣的土地公。」

「土地公哪會穿得像這個樣子的？」一二三問。

「當今是甚麼年頭了？我們這些做神做鬼的也要跟潮流呀！」土地公說。

大洋覺得甚滑稽，但也贊同。

「你人真好，有甚麼願望？我答應替你實現。」土地公向大洋說。

大洋想起畫家黃永玉先生曾經說過：「歷史永遠有兩本書，秦始皇寫一本，孟姜女寫一本。」

「你替我找秦始皇和孟姜女出來，讓他們兩人對證一下。」大洋要求。

「容易。」土地公說完口中唸唸有詞，忽然，又是嘭的一聲，從煙中出現了一男一女。

秦始皇一身 Ferre，孟姜女也不執輸，全套的三宅一生縐布料。

一二三望着身材魁梧的秦始皇，有點害怕。

「我們做了鬼，沒有做人那麼兇惡。」秦始皇安慰他。孟姜女則眼光充滿了慾望地看着大洋。

「說你哭倒了長城，有沒有這一回兒事？」這是大洋最想知道的。

孟姜女笑得花枝招展：「這麼堅固的城牆，怎哭得倒？一想就知道是騙人的。」

「事實呢？你也不會是一個虛構出來的人物吧？」大洋問。

「當然有我這麼一個人，不然土地公怎會找到我出來？」孟姜女說：「我們一群女人的丈夫都是給這傢伙抓走。當年全中國有三百萬人，七十個巴仙都在建築這座鬼東西。」

「甚麼鬼東西？」秦始皇大怒：「是長城。偉大的長城！由我開始建築！」

「我們後代人用科學鑒證，有很多城牆上的石頭都比你活着的年代老。」一二三毫不客氣地指出。

秦始皇被拆穿，有點尷尬：「把長城連起來，不能不說是我的功勞呀！」

「由你連起來，不是建起來。」一二三說。

「也不是他建的，是我們的丈夫建的。」孟姜女更不客氣。

「那麼為甚麼會有哭倒長城的傳說？」林大洋追根究底。

「都是這群婆娘們幹的好事。」秦始皇代為解釋：「這麼大的工程犧牲些人是難免的，我拼命叫人建長城，這班婆娘死了丈夫沒事做，就在晚上成群結隊拼命來拆。」

聽秦始皇這麼一說，大洋笑了出來。一二三更翹了拇指讚揚孟姜女：「你們才是真的第一群婦解分子。」

「後來怎麼變成哭倒的傳說呢？」大洋問。

「我權大勢大，誰敢記載，我就把他們活活埋起來。」秦始皇說：「但是我知道總有人口傳口把事實遺留下來。歷史是改不了的，不過可以美化。我叫士大夫們把這件事寫成神話，哭倒總比拆倒好。哭倒後人不會太過相信，我才不丟臉。」

「人都變鬼了，還要面子！」孟姜女罵道。

秦始皇沒理她，向一二三說：「你有沒有興趣看看我閱兵，蠻壯觀的。」

一二三拍手說好，跟着他去了。孟姜女拉着大洋，暗示他留下。

「你要帶我去哪裏？」大洋問。

「去看看我們的娘子軍團。」孟姜女說。

大洋興奮，和她一齊走下城牆。遠處有數萬人紮營，都是女的。

女兵女將看到孟姜女帶了一個男人來到，都顯出媚態，絕對不是雄赳赳的。

孟姜女在大洋耳邊說：「你知道我們的丈夫都死去多年，很久沒幹這一回兒事了。今天，幫個忙吧。」

「這……這麼多女人，我怎麼應付得了？」大洋嚇得臉都青掉。

「你能做多少就多少，其他的人看看也過癮呀！」孟姜女說完，大洋才安心點點。

「這位相公答應了。」孟姜女宣佈。眾女歡呼，聲音震天。

大家把衣服脫光，林大洋從來沒有看過那麼多的裸體，蔚為奇觀。女人把身體組織成一張大肉床，讓大洋躺了上去。只聽到孟姜女說：「我們跟後代的女兵團都有連絡，下次把楊門女將那群姊妹介紹給你。」

小雲

自從一二三出現在林大洋身邊，朋友們都對這個小胖子大感興趣，紛紛問關於他的事。

一二三在十六歲那年差點死去，是被鬼纏的。林大洋回憶起這段往事。當時的一二三骨瘦如柴，父母親拉他去看了多少醫生都沒用，只見他一天天體重減輕，擔心得要命。請林大洋過去，看看是不是心理上的問題。

一二三個性和大洋一樣開朗，絕對不是為了甚麼心病。大洋問他，一二三微笑不語。

到了晚上，大洋起身，聽到一二三的房間有人在講話，是把女子的聲音。

「我……我們還是分開吧。」女子說：「我不忍心看你現在的樣子。」

只聽到一二三笑嘻嘻的聲音，一點也不擔憂：「我現在的樣子，你不喜歡？」

「喜歡。」女子說。

「那還講甚麼分不分開的？」一二三說：「你答應過我，我們一生一世在一起的。難道你不守信用？」

「像我們這種人……不，不應該說人。」那女子說：「信用是最重要的。我們對我們答應過的事，即使起了一點點的懷疑，就消失得無影無蹤。」

大洋很想過去偷看是怎麼一回兒事，但是做不出，決定明天問個清楚。

翌日，兩人出去外面吃早餐的時候，林大洋開門見山：「我昨晚聽到一個女子的聲音，她到底是誰？」

一二三也不隱瞞：「她是我認識的第一個女朋友，只有晚上才出現，她自己說是個女鬼，我怎會相信？」

「你可以介紹給我認識嗎？」大洋問。

「我問過她，再告訴你。」一二三猶豫了一會兒後說。

這時，一個道士走過，雙眼盯着一二三，好像看穿一切。一二三打了一個冷顫。

到了晚上，女子的聲音又傳來，大洋忍不住了，從窗口斜望過去，正好看到一二三抱着一個雪白的軀體。一般人的做愛總是動作多多，這兩個緊緊擁抱，從一二三的表情，可以看得出他的高潮一陣又一陣，停了一停，又再來過。那女的不只雙手抱着他，連那頭長長的黑髮也一圈又一圈將他繞着，埋着頭在他的懷中，大洋看不到她長的是怎麼一個樣子。

「她答應見你。」一二三第二天很高興地說：「今晚十二點，你來我的房間。」

準時赴約，少女穿着一件淺藍色的寬身旗袍，有點像中學生校服，站了起來，很有禮貌地向大洋鞠了一個躬。

從來沒看過這麼純潔又美麗的少女，林大洋深深地被她吸引，要不是一二三，真想將她搶過來。

「她叫小雲。」一二三介紹。

「你知道我不是人，是鬼，」小雲說：「你不怕？」

「怕甚麼？」大洋豁達地：「我也有很多做鬼的女朋友，她們並不比人恐怖。」

小雲笑了，更加可愛。指着一二三，小雲說：「你不反對我們交往？」

大洋搖頭：「他已經是一個思想獨立的人，他決定做甚麼，我都尊重，可是……」

「可是甚麼？」小雲急着追問。

「可是同時我和你一樣，也很愛他，不想看他沒命。」大洋一口氣把心中的話說出來。

「是的。」小雲點頭：「這個問題永遠解決不了，我應該帶他走呢？還是讓他過一過做人的滋味，他到底很年輕。」

「你也很年輕。」大洋說：「但是已經想得那麼深了。」

忽然，大門被撞開，那個在街上遇到的道士闖了進來，手上拿着木劍，大力往小雲身上打去。

「妖孽！」道士大叫。

一二三用身體去擋，被道士推開。他已經很虛弱了，沒有回手的力量，只看到道士一劍又一劍打下，小雲不哼一聲，已經快被打得魂飛魄散。

林大洋一腳把道士踢開：「最討厭的就是你這種人！人家心甘情願，為甚麼要你多事！」

「我為他好呀！」道士痛苦地爬了起來：「他年輕，不懂事，你和我一樣是大人，也不懂事？」

「這個世界就是因為我們這些太懂事的大人搞得亂糟糟！」大洋越講越生氣，不理道士，走過去把小雲扶起來。

兩人一接觸，小雲震盪了一下，望住大洋。

「你們這種人，不值得同情！」道士罵完悻然走掉。

大洋向一二三和小雲說：「記得我說過的話，我尊重你們的決定，但是做了決定，就別後悔！」

後來，女鬼再也沒有出現過，一二三的父母親很感激大洋，看看兒子一天天復元，長得白白胖胖好生感激。他們不知道的是，一二三隔天向林大洋說的一番話：「小雲走了，她說她對我的感情已經起了懷疑，她說她問自己，是不是愛上了你。」

黑色的女巫

一二三又吵着表哥林大洋，要看世界七大奇觀。

「其實所謂的七大，算不出那麼多。印度的泰姬陵，中國的長城，埃及的金字塔是三個被肯定的。」林大洋說：「澳洲的大堡礁和美國的大峽谷沒有經過人類建造，只能勉強加到裏面去。」

「那麼英國 Salisbury 平原上史前巨石柱 Stone Henge 呢？」一二三問。

「七大奇觀沒有英國的份，當年的大英帝國當然不甘心，自己把它算在裏面。」林大洋說。

「表哥，」一二三懇求，「帶我去吧。」

兩人從倫敦轉飛機到 Wiltshire，已是深夜。大家心情興奮，租了輛車子，不睡覺趕到目的地。

天色朦朧，看到十七柱十三英尺高、六呎半乘三呎寬的大石頭聳立着，圍成馬蹄形。有些石柱上面還有一大塊彎石，每塊至少數噸重。石柱前面是小一點的石塊，稱之為「高跟石 Heel Stone」。

「依照歷史學家研究，是公元前兩千八百年建築的。」大洋已經來過，有點資料。

「咦！」一二三感嘆：「加上基督出生後兩千年，不是一共四千多五千年嗎？」

這時太陽剛剛升起，透過石柱與石柱之間，出現在一塊高跟石上，好像是擺了上去似地。

「當年也許是用來算天文的。」大洋說：「後人研究不出頂在石柱和石柱的上面那塊大彎石，又沒有起重機，是怎麼樣抬上去的。」

一二三頭腦簡單，直接回答：「先在山坡上挖好洞，把石柱埋進去，架好彎石，再將山掘成平地，不就行嗎？」

哈哈哈哈，一陣笑聲，只見遙遠的天空有一隻大黑鳥，瞬眼間飛到他們兩人身邊停下，原來是一個騎着掃把的黑衣女子，長得非常漂亮。黑衣女接着把頭上那頂又尖又大的黑帽脱下來，摸摸頭。一頭金色的長髮隨風飄動，在朝陽中反射，更是令人看得窒息。

「你回答得一點也不錯。」黑衣女説：「我在中世紀時也用同一個答案回答，結果給那些當官的把我抓去活活燒死，一點也不合理。」

「你……你是鬼？」一二三嚇得説不出話來，林大洋倒很鎮定，女鬼他看得多。

「是的。」黑衣女説：「我生前叫費奧娜。」

「鬼怎麼會在大白天出現？」一二三不相信。

費奧娜笑了：「那是你們東方人的想法，在西方，我們做鬼的任何時候都能出現，這才合理。」

「你……你是特地出來嚇我們的？」一二三又問。

「不。」費奧娜説：「和東方一樣，洋鬼也需要出來找替身的，這也很合理。」

大洋發現她一直講合不合理。

「這……這麼多人你不去找，為甚麼要找我們兩個人？」一二三魂飛魄散。

「投胎也要找一個聰明的。」費奧娜向一二三説：「你的答案最合理，所以我找定了你。」

一二三站不穩，整個肥胖的身體差點就坐在地上，林大洋一把把他扶着，向費奧娜說：「他還年輕，有大把人生要活。我甚麼事都經驗過。要找，找我好了。」

費奧娜對大洋的話好像覺得很合理：「好，找個勇敢的人做替身也不錯，我遇過的軀體，都是貪生怕死，沒有一個像你這麼大膽。」

「你把我帶走之前，我是不是可以有三個願望的？」大洋問。

費奧娜又嬌笑了：「我又不是神燈裏的魔怪，給甚麼願望呢？不合理，不過，好吧！既然你提起，就給你，如果你要求和別人不一樣，又能讓我感到合理，我也許能放過你。」

林大洋說：「我第一個願望，就是想騎騎掃把滿天飛，我從來沒試過這種感覺。」

「要求得好。」費奧娜指着掃把的後面：「上來吧！」

「表哥！」一二三又擔憂又無能為力。

「放心。」大洋說：「你在這裏等我好了。」

大洋騎上掃把，抱緊費奧娜，兩人向天空飛去。一點不像乘珍寶機，更比小型施士那刺激，雲朵迎面撲來，並非每一個人都擁有的經驗。

風速把費奧娜的黑袍子吹得貼身，她那件衣服雖然把身體的每一個部份都遮住，但經風一吹，每一個部份都顯露出來。豐滿胸部的乳首，更暴露無餘。

林大洋看得心動，向費奧娜身邊細語後，摸了過去。費奧娜輕輕嘆了一聲，正想反抗，但雙手抓緊掃把，不能推開。大洋進一步要求，掀開她的長袍，從她的身後衝上，費奧娜啊的一聲叫出，表情極為享受。大洋將她的身體翻了過來，她反手抓着掃把，讓大洋盡情放肆。衝刺的刺激的動作令大洋失控，一下子從掃把中掉了下去，以為死定了。忽然，費奧娜衝飛下去，把他接住。這次用雙腿緊緊夾住大洋，不讓他再跌倒。大洋雖然再次進到費奧娜的身體，但彈動不得，失去摩擦的刺激……

一二三在地面焦急地整整等了一個小時，黑點才又從天空出現，費奧娜把大洋載回原地。一二三歡叫起來，緊緊抱着這個表哥。

費奧娜甜蜜地向大洋深吻後，說聲拜拜，再騎掃把飛走。

一二三問：「你要求的第二個願望是甚麼？」

「和她做愛。」大洋回答。

「那麼第三個呢？」

林大洋打了一個呵欠，懶洋洋地：「向不穩定氣流飛去！這要求很合理嘛。」

富士山的阿雪

「表哥，帶我去富士山吧，它也是被譽為世界七大奇觀的。」小胖子一二三要求。

林大洋笑了：「日本人和英國人一樣無恥，硬硬把自己國內的風景加進七大裏面去。」

「我沒到過嘛。」一二三說：「看看也好。」

「富士山遠看只是一座沒有尖峰的山，要近看才漂亮。」大洋說。「很多人都沒爬上去過，不知道。」

「要帶爬山工具嗎？」一二三問。

「沒那麼險峻。」大洋解釋：「山坡斜斜地，不難爬，要對好的爬山靴就夠了。」

富士山其實距離東京很近，兩人第二天乘飛機抵達成田機場，出來之後租了一輛四驅車，直奔富士。

車上有先進的導航器，把富士山三個字打進去，就會教人怎麼走，還指示着路旁有甚麼餐廳、便利店、休息處等等。一二三看見很多「♨」的標誌，問大洋：

「那代表甚麼？」

「溫泉區。」

「怎麼有那麼多的溫泉？」一二三問。

「火山地帶，就多溫泉。」大洋解釋。

「我們在還沒上山之前浸一浸好嗎？」

大洋點頭。兩人在富士山麓的古戰場「御殿場」找到了一間很小，但是很舒適的旅館，決定在那裏下榻。

大浴室外面分了「男湯」和「女湯」。一二三問：「怎麼寫着這個湯麵的湯字。」

大洋不語，脱光了衣服浸入溫泉。一二三有樣學樣，也跳進池子。一下子，他又跳了出來。

「這麼熱，燙死人了。」一二三呱呱大叫。

「浸久了人溶掉，就變成湯，所以叫男湯。」大洋開玩笑地說。

兩人吃了一頓豐富的晚餐，準備好第二天爬山。

起初，還看到一隊中學生畢業旅行團，大洋和一二三越過了他們，向上爬，再見到一個供奉團，想上山拜日出。他們氣喘如牛，停了下來休息。大洋和一二三興致好，繼續爬，把其他人拋得遠遠地。

現在是夏天，富士山應該不積雪，但差不多爬到山頂時，來了一陣風暴，吹得一切都變成白色。

大洋和一二三兩人迷失了方向，走了好久，眼前出現一間中世紀的豪宅，咦，奇怪，為甚麼沒有人發現過？

「避一避才說。」大洋叫道。

兩人推開了大門，走了進去，裏面佈置得富麗堂皇，但溫度奇冷。

「相公，您終於回來了。」一個女人的聲音。

大洋和一二三轉頭，看到一個全身白衣的女子，皮膚也和衣服一樣白，披着很長很長的黑髮。

「你認錯人了。」大洋說：「我們是從國外來的。」

「相公真喜歡開玩笑。」那白衣女子說：「我是阿雪呀！相公去打仗打了那麼多年了，連阿雪也忘記了嗎？」

「表哥說你認錯就認錯。」一二三不耐煩地說：「我們從來沒有見過你！」

「哎呀，這位又是誰了？」阿雪說：「是不是相公新請的僕人？」

一二三被叫為僕人，一點也不過癮。

「相公一定肚子餓，請您坐坐，我去準備吃的東西！」阿雪說完閃進廚房去。

眨眼間，阿雪又出現，捧着一盤東西，碗碟中盛着各種肉類：「沒甚麼好吃的，昨天抓到些兔子和一隻雪狐。」

「生的？」一二三喊了出來。

「新鮮的肉，都可以生吃。」阿雪起初笑嘻嘻，忽然臉色一變，悽厲地：「包括人肉。」

林大洋和一二三都驚震。

「相公，我有一個要求。」阿雪看着大洋：「阿雪想您想得好苦。阿雪向自己說，要是相公回來了，阿雪一定要把相公吃掉。吃進了肚子，相公就永遠不會離開阿雪了。你說好不好？」

林大洋強作鎮定：「阿雪，你要的是我，我這個僕人還有點差事，讓他先去辦一辦。」

「不行。」阿雪尖叫，大門即刻被黑髮纏住，再也打不開。

「你再不聽話我就不疼你了。」大洋下命令後，向一二三細語：「還不快走！」

「好吧。」阿雪答應，纏着大門的長髮掉落，打開了，一二三一溜煙逃走。望着他肥胖的身體，阿雪長嘆了一聲，實在有點可惜。

「阿雪。」大洋看到一二三離開，安心地說：「我也有個要求。我要浸浸溫泉。」

「這也好。洗得白白，省掉不少工夫。」阿雪說。

走到冒煙的溫泉浴室，大洋又把衣服脱光，跳進池子。阿雪寸步不離守着。

「你也來浸浸。」大洋引誘。

阿雪直搖搖頭，一身和服，包得密密實實，露出來的只是後頸那一部份，還有些汗毛。看起來特別性感，大洋不禁勃起。隔了水的反應，顯得更是巨大，阿雪連忙避開視線轉過頭去。

大洋一下子從池中冒起，擁抱着阿雪，把和服掀開，用很霸道的姿式佔有了她。

阿雪全身痙攣，興奮呼叫，大洋不停抽送，阿雪已進入忘我境界。

忽然，大洋抱緊着她轉幾個身，兩人一起衝進滾燙的池中……

旅館外，一二三焦急等待。林大洋出現，一二三歡呼，忍不住問道：「那個雪女呢？」

林大洋輕鬆回答：「溶掉了。」

草原上的陶卓瑪

「又想去哪裏？」林大洋看到一二三在發呆，問道。

「如果算建築宏偉，西藏的布達拉宮是不是世界七大奇觀之一？」一二三問。

林大洋知道他又想去旅行，回答他說：「別人不認為，當地的人一定認為是的。」

從香港飛四川成都，住了一晚，吃上正宗的擔擔麵和麻婆豆腐，第二天轉機，到了拉薩。

車子只能到達山腳，高聳的寺廟倒影在前面的湖泊之中。

「這是古代建築的一種模式。」林大洋解釋：「凡是巨大的工程一定依靠湖泊搭起，或者乾脆挖一個人工的，反映起來一個變成兩個，更是壯觀。」

上到寺廟有幾百級梯階，爬到一半，一二三靠自己年輕，想把大洋甩遠，一口氣衝上去。

「小心。」林大洋喝住他之前，已經遲了。

在氧氣稀薄的西藏平原上，一二三的高山症發作，呼吸困難，心跳不已，頭痛如裂。

林大洋趕上去托着他，一二三忽然一下子昏迷，肥胖的軀體壓住大洋，兩人蔥頭栽地滾下梯階。大洋暗叫不好，天旋地轉，不省人事。

醒來，兩個人都只得一線生機，迷迷糊糊睜開眼睛。

草原上，看到一個小點，瞬眼間變大，是一個披着羊皮袍的少女，頭上束着鮮艷桃紅布巾，騎在黑色的駿馬上，人馬合一，奔馳到他們眼前，飛身跳下。

「我的三爸爸活着的話就好了。」少女用純正的國語說：「他專門負責搭帳幕的，你們就不必睡在露天下面。」

「甚麼三爸爸四爸爸的？」一二三負氣地說。

少女解釋：「這世上也只有我們藏族人可以一妻多夫，第一個老公管牧羊，第二個燒飯吃，第三個搭營帳，第四個唸可蘭經。」

「我要做煮飯的那個。」林大洋也不舒服之極，但還在開玩笑：「可以打斧頭，自己存點零用錢。」

少女聽了哈哈大笑。

「這是甚麼地方？」一二三問。

「這個地方沒有名字。」少女笑着說：「是生和死的交界。你們只剩下一口氣了，還沒有從軀體飛脫出來的靈魂，暫時由我保管。我叫陶卓瑪。」

「那……那你也不是人？」一二三驚叫。

「我是新來的。」陶卓瑪說：「去年那陣大雪把我們一家人全凍死了。」

「卓瑪是藏族人叫所有女子的名字。」林大洋說：「你姓陶，叫你陶姑娘好了。」

「你對西藏也有點認識，太好了，我媽也是漢人，她年輕的時候是個嬉皮士，認為天下對女人不公平，跑到西藏來住下，娶了四個丈夫，我跟她姓的。」

「怪不得國語說得那麼好。」大洋稱讚。

一二三見兩人都不理他，老羞成怒：「我們就快要死了，你們兩人還在這裏打情罵俏！」

「話說回來，」大洋問陶卓瑪：「我們會怎樣？」

陶姑娘說：「現在你們只有兩條路可以走。一就是恢復過來做人；一就是死了做鬼。這要看你們的造化了。」

「由誰來決定？」大洋直問。

「你們是漢人，陰司把你們的靈魂交在我手上，當然由我來決定。」陶卓瑪說：「如果過不了死關，我就留你們兩人下來做老公。」

「我不要死，我還年輕！」一二三大叫。

陶卓瑪不理他，指着大洋說：「你可以負責做菜。」

說完轉向一二三：「是的，你還年輕，身體壯健，你可以負責搭營帳。」

「我才不做搭營帳的！」一二三呱呱大叫。

「也不輪到你出聲。」陶卓瑪說。

「那麼有甚麼條件我們才能逃出死關？」大洋問。

陶卓瑪低下頭，漲紅着臉：「我還是一個沒有出嫁過的女子，只要讓我見識一下我媽媽告訴我的欲仙欲死，我就放你們走。」

大洋望着一二三：「你年輕，你來。」

「表哥，我病得動也不能再動，你還在說風涼話！」一二三又抗議。

「你想在哪裏幹？」陶卓瑪問一二三。

一二三工於心計，回答說：「馬上。」

「好，我們開始吧！」陶卓瑪大力把一二三拉上馬，飛奔而去。

一二三為了逃命，也不管那麼多了，拼命想脫陶卓瑪的衣服。

「我們穿得那麼多，你無從着手。」陶卓瑪看輕他。

一二三惱了起來，突然掀開她的長袍，除掉她包着下體的布條：「看你方便的時候也不會那麼麻煩吧。」

插入時，陶卓瑪啊的一聲叫了出來。

一個時辰過去，兩人又回到原地，陶卓瑪先下來，再扶一二三下馬。向大洋說：「你們兩人可以回去了。」

「你病得要死了，還那麼厲害？」大洋笑着問一二三。

「我能做些甚麼？」一二三說：「只有死命抱着她。」

「動也不動？」大洋又問。

「動。」一二三說：「讓馬兒去動。」

阿岩的故事

一二三夜讀小泉八雲的《怪談》，越來越不是味道，他向林大洋說：「簡直是抄襲《聊齋誌異》嘛！」

兩個表兄弟在巴西旅行，適逢一年一度的嘉年華，擠滿遊客，沒預訂房間，共居一室。

「日本的文學，在明治時代之前都曾深深受着中國的影響，一點也不出奇。」林大洋說：「小泉是一位英國作家的筆名，他很聰明，知道日本民間流傳的鬼故事不多，就把《聊齋》搬了過去，大受讀者歡迎。」

「原來小泉不是日本人。」一二三大感驚奇。

大洋說：「一位外國人能夠把日文用得那麼出神入化，也真的不容易。我講的鬼故事，精神上也是在抄襲《聊齋》，還沒有小泉寫得那麼好呢。」

「但是你的鬼故事一點也不深沉呀。」一二三說。

「那是作者本身的個性問題。」林大洋解釋：「而且，小泉的時代，都認為比較嚴肅的，才是好文章。」

「那麼《四谷怪談》是不是小泉寫的呢？」一二三問：「我對女主角梳頭髮，一面梳一面剝落的情節印象最深，電影也不知道拍了多少次！」

「《四谷》是一個民間流傳的故事，作者是誰已沒有人領認，的確寫得很恐怖。不過，結局女鬼迫死了丈夫，還用一件衣服輕輕披在他身上，是很浪漫的。」林大洋說：「我們換一個角度看鬼故事，就美麗得多。」

轟的一聲，一陣濃煙，出現了一個棕色長髮女子，身穿三宅一生的皺紋時裝，並不可怕，像人多過像鬼。

「謝謝你，你說得真好！」那個女的向大洋說：「我就是《四谷怪談》的女主角，名叫小岩。」

林大洋不驚，一二三嚇得臉青：「你……你為甚麼不是穿和服的？」

「當今是甚麼年頭了？」小岩笑着：「我們做鬼的也要跟流行呀！」

「你丈夫呢？」林大洋問。

「別談他了。」小岩說：「他為了那個有錢小姐不要我了之後，整天哀哀愁愁內疚，和他在一起，悶都悶死了。好在我早就死了。」

「那位小姐也做了鬼吧？」一二三問。

小岩又笑了：「你對她有興趣？好，我把她也叫出來，讓你們兩個年輕人做朋友。」

又是轟的一聲，另一個染着金頭髮的少女出現，看到阿岩，親切地：「阿岩姐，好久不見。」

一二三指着少女問阿岩：「她把你害死，你不恨她？」

「害死我的不是她。」阿岩說，「追根究柢，是那個壞和尚的錯。況且，我們做鬼做了那麼久，甚麼醜惡的事都淡化了，只有我老公看不開罷了。」

「要是你先生把你們兩個都娶做老婆，就不會發生悲劇。」林大洋插嘴：「那時候又沒有一夫一妻的制度。」

「你這個人把我心裏邊的話完全說出來，真是可愛，我恨不得改嫁給你。」阿岩說完擁抱住大洋。

「阿岩姐，那麼我呢？」小女鬼大叫。

「這個我要定了。」阿岩指着一二三：「你們兩個都年輕，你要他吧！」

小女鬼正要依偎一二三的時候，大洋在鏡中看到一把武士刀淩空架住，正要砍下來，他推開了阿岩，向一二三喝道：「別人的老婆，我們不能碰！」轟的一聲，出現了一個大漢，把刀收入鞘內，向大洋說：「你這個人，還算有良心，饒了你。」

一二三又是嚇得臉青，問大洋道：「這……這個人是誰？不，不，這個鬼是誰？」

「當然是她們的丈夫，那個武士呀！」大洋說。

「你們都造反了！」武士向阿岩和少女喝道。

阿岩把他推開：「這麼多年來你為了自己做錯了一件事自怨自艾，碰也不碰我們一下，你說你對得起我們嗎？我們出來玩玩，也不是當真的，發那麼大脾氣幹甚麼？」

武士被說中要害，沮喪地坐在地下：「好，好，你們要玩，就讓你們玩去！」

林大洋反而有點同情他了。這時候，一陣熱鬧的森巴音樂傳來，街上遊行的花車，到達林大洋和一二三下榻的旅館前面。

「我們不如都出去跳舞吧！」大洋說。

「好呀！」小女鬼第一個拍手贊成。

大家一齊衝到街上去，巴西少女下身圍着點東西，裸着乳房大跳森巴。看到武士的奇裝異服，以為是打扮來參加嘉年華的，擁上前拉着他跳舞，武士尷尬不堪。

「我……我不慣和這些外人在一起！」武士說。

外人，是日本人對異國者的稱呼，林大洋說着：「你才是外人。或者，應該叫你外鬼才對！」

武士想想，也覺得好笑，開朗了起來，向阿岩和小女鬼說：「好，今晚狂歡，我也不介意你們做些甚麼。」

音樂大作，眾人跳舞跳個不停。黎明來到，武士、阿岩和小姐的影子漸薄，依依不捨離去。大洋和一二三有點失落，但是還有半裸的巴西少女等待他們的擁抱。

來自地獄的電郵

林大洋滿頭大汗，熱得跳起身，再也不能睡下去。最近，他不停旅行，不知道去了多少地方，有時忘記自己身在何處。

還是查一查有甚麼電郵吧！他打開電腦，進入「雅虎」，但是發覺都是些舊信，已有一陣子沒人聯絡他了。

無聊，他看到有人在「雅虎」登廣告，是一個找尋舊同學的網址，還有四張六十年代的學生照片，題目是：「你想找回他們嗎？」

這是美國人的玩意吧？他想：出現的都是些美洲的中學吧！但豈知這個包羅萬有，各國的中學連他自己唸過的那一間也記載着。

方格上要他填入自己的資料，哪一年畢業……等等。

這時，他想起南娜來。

南娜是他的初戀。誰會忘記自己的初戀呢？可是又有幾個人的初戀會有圓滿的結局？大家終於分手。他記得的南娜，是個溫柔、體貼，整天幫助別人，不為自己着想的女子。

就那麼一尋找，許多同學的名單都出現了。中間，竟然有南娜的郵址。

大洋像被電殛，南娜，聽老同學說，不是早已經病死的嗎？

不可能，絕對不可能，但南娜的名字和郵址像一格一格放大似地，充滿畫面，遮擋了其他同學的資料。

用着顫抖的食指，林大洋把箭尖移動到南娜的名字上，一按，與對方ICQ。

大洋：「真的是你嗎？」

熒幕上奇蹟地出現了一行字。

南娜：「是我。」

大洋：「那麼你到底是人，還是鬼？」

南娜：「鬼。」

林大洋又差點昏了過去，經過許久，鼓起勇氣。

大洋：「你現在在哪裏，天堂？地獄？」

南娜：「當然是地獄。地獄好玩得多。天堂悶死人了。」

大洋：「地獄沒有熊熊烈火？」

南娜：「沒有。」

大洋：「你的電腦配有 view cam 嗎？」

南娜：「有。」

大洋：「你邀請吧！我也打開我的 view cam。」

大家一按鍵，經過鏡頭，同時看到對方。南娜很年輕，時間停留在她身上。

大洋：「你還是那麼美！」

南娜：「謝謝。」

大洋：「你把鏡頭對着四周，讓我看看地獄是怎麼一個樣子。」

南娜：「好。」

林大洋看到的是一片藍得透明的海水，一望無際的白色沙灘。南娜穿了一件小得不能再小的比堅尼，身材誘人。

大洋：「地獄原來是那麼美麗！」

南娜：「地獄，是人想出來的，天堂，也是。你要怎麼一個樣子，就是怎麼一個樣子。」

大洋：「讓我仔細看看你。」

兩人初次做愛時，林大洋也做過同樣要求。南娜站了起來，脱去一切，乳房堅挺，她羞澀地用雙手撥開下體，讓大洋看到粉紅色的肉肌。

大洋：「你騙我，你沒有死。」

南娜：「沒有一個人真正的死亡。只要有人想起，這個人就活着的，只要有活下去的意思，人就不會死。」

大洋：「我不懂你説些甚麼。」

南娜：「你不必懂。你只要告訴我：你還愛不愛我。」

大洋：「愛。」

南娜：「有多深？」

大洋：「很深，很深。」

南娜：「我生病的時候，要是聽到你這一句話，就不會死，可惜，太遲了。」

大洋：「不會太遲！」

南娜：「只有一個辦法，你可以救我，讓我重生。」

大洋：「甚麼辦法？」

南娜：「不管怎樣，你先要自己堅強地活下去，你活下去，我也才能活下去。」

大洋：「我活下去！我活下去！」

沙啞的叫聲，已經花掉大洋全部的氣力，但他還是能夠從病床上坐了起來。

醫生和護士都嚇了一跳。

「你昏迷了三天，我們以為你沒有救了。」醫生說。

「我在甚麼地方？」大洋軟弱地發問：「我為甚麼在這裏？」

「這是曼谷的醫院，你被毒蚊子叮了，細菌進入你的腦，你的朋友把你送來的。」

「朋友？」大洋問。

醫生說：「是一個女子，她說要是你活過來，就告訴你，她的名字叫南娜。」

黑輕舟

一個全身黑色衣衫的男子，站在漆黑的輕舟上，穿過大大小小的運河。

男人自言自語地：「《死在威尼斯》的作者湯姆士·曼說得一點也不錯，這個世界上，除了棺材之外，再也沒有任何一樣東西的顏色，比這種輕舟更黑的了。」

遠處，已看到一家叫「中國餐廳」的招牌，黑衣人輕步地跳下船，走進去。

姬娜注意到這個客人。他已經來過了三次，每一回都坐在同一張桌子，叫的都是店中最好的食物，揮金如土，面不改色。

今天，他又換了另一套西裝，姬娜一看就知道是名設計家 Gianfranco Ferre 的作品，雖然都是黑色，他上次來穿着 Lanvin，也穿過 Dunhill 的，姬娜在時裝雜誌上見過，這次是穿在活生生的人的身上。而且，對方是一個中年的東方人，為甚麼比照片上的模特兒更合身？整件衣服像是為他而縫的。

在廚房中炒菜的丈夫，香煙掛在嘴角，滿頭大汗，全身油膩，未到四十歲已經有個大肚腩。啊，同樣是東方人，為甚麼有那麼大的分別？

十五歲那年，姬娜由托斯幹的小村來威尼斯找她的表姐，才發現她已去了羅馬。淪落在這裏，姬娜遇到這位好心的中國人，收留她在餐廳中洗碗，才有個地方食宿。

在一個雨夜，餐廳老闆衝進她的小房間，強暴地要了她，姬娜哭得很傷心，但人總要活下去，況且她是一個虔誠的天主教徒，貞操給了這個男人，便要跟他一輩子。婚禮上她發過誓，要到死才分離的。

「東西好吃嗎？」她問。

「太好了，我已經很久沒嚐過這麼純正的中國菜。」對方回答。他的意大利話一點異國口音也沒有。姬娜問他還會說哪幾種語言，這人回答：法國、西班牙、南斯拉夫，甚至拉丁話，當然不包括他所說的無數的東方國家。姬娜並沒有留心去聽，只注意到他那十隻修長的手指，像雕塑家，像鋼琴師，指甲邊緣都經過美容院的功夫。她丈夫又粗又短的手指，怎麼能比？

「姬娜！」一個粗暴的聲音由廚房傳來，她走進去。

「妳跟那傢伙說些甚麼？」他問。

「沒甚麼，閒聊幾句。」

「妳這臭婊子發花癡了？」他一巴掌打過去，姬娜伏着身子又哭了，全身顫動。三年了，她來了三年，身體由一個少女變成少婦，意大利女人十八歲，是成熟頂峰，望着她的細腰，看到她的臀部，丈夫禁不住地把她按着，拉下她的底褲，從她後面衝上去。事後，她丈夫抱着她痛苦地：「姬娜，我不能沒有妳，妳離開我，我會死的。」

經過不知多久，姬娜拉好衣服，走出來時，客人已經走了，留下一疊鈔票。姬娜的視線周圍尋找，給她看到她想要的：一盒寫着酒店名的火柴。

敲門。

他看到是她時，並沒有驚訝的表情。

「你帶我走吧。」姬娜跪了下來：「我已經不能忍受威尼斯了，這世界上還有巴黎，還有維也納，還有布達佩斯，求求你，帶我去看看，求求你。」

東方人慈祥地看着她：「我們才見過三次面，妳能相信我？」

「我第一次遇到你，已經想你帶我離開了。」姬娜勇敢地握着他的手。

東方人撫摸着她的長髮，把她扶起身。

姬娜將她身上的鈕釦解開。

「不。」東方人按着她的手：「今次是嘉年華最後一天，我先帶妳去玩玩。」

兩人手牽着手，走進歡樂的人群。

東方人在一家名店外停下：「妳選妳喜歡的衣服，錢不是問題。」

姬娜一生沒那麼高興過，她試了一件又一件。

「穿妳的衣服，戴妳的首飾。」他說：「我們有的是時間。可以慢慢買。」

麗亞都橋的攤子有各種面具，手工製造，非常精緻，每個至少賣到上千美金，姬娜選了一個女王安東聶的，回頭看那東方人，他一轉身，戴着一具骷髏頭的白色面具，一邊的眉毛，鑲了很多小顆的紅寶石。

聖馬可廣場上，露天樂園在演奏圓舞曲。

「我可以請妳跳舞嗎？」東方人問。

姬娜點頭，把身子靠近他，只感覺他對音樂的節奏感極強，帶領的手勢和腳步，每一秒鐘，都知道他是主人。音樂越來越響，旋律也越來越劇烈。

忽然，姬娜發覺她看到聖馬可教堂的那五個圓頂、閃爍的鑲嵌畫，就在自己的眼前。

升在天空，俯視下面，姬娜看到嘆息橋頭擠滿了人，議論紛紛，指着河上漂浮的兩具屍體。

再看清楚，是姬娜的丈夫，和她自己。

「我……我知道你是誰了，但……但是，你是一個東方人呀！」姬娜臉無血色地說。

東方人向她微笑：「我們，是有很多面目的。」

幽靈生意

鬼故事應該在淒艷黑輕舟》後，這麼批評。

到夏天，最好是講鬼故事，涼意由心吐出，不必靠冷氣機。林大洋想到這裏，笑了出來。

最近，他搬進一間老式的公寓，窗口寬敞，涼台可以打八檯麻將之大，天井至少有十五呎高，牆壁上掛着他心愛的山水和書法，大樂。

不過，聽到停車場別人家司機説：「這棟樓叫佳陵，陵就是墳墓呀，怎麼佳也佳不到哪裏去。邪氣太重了，每一個單位都死過人，只有吃政府飯的探長之流才住得久，其他人過一陣子就搬。你沒有看到這裏整天在招租？那麼大的地方租金那麼便宜，要不是有鬼，早就被人住滿。」

「要是有鬼，最好是個女鬼，晚上請她出來講她的身世，多有趣！」林大洋想。

三更半夜，酸枝傢俬果然砰砰碰碰地響。

林大洋毛骨悚然，真的有鬼嗎？雖説心安理得不怕鬼，沒親眼看到又絕不信邪，這是毫無科學根據的事，怎麼會發生在自己身上？

一個白色的影子，由朦朧至清晰，就坐在他眼前的椅子上。是位長髮少女，樣子還很美麗。

「妳……妳是……妳是誰？」林大洋不禁冷汗直標，口吃起來。

少女笑道：「你不是説過最好是個女的嗎？」

「鬼？」林大洋大驚，差點尖叫，女人才會尖叫的呀！羞羞！林大洋想到這裏，也笑了出來。

「別鬼鬼聲地叫得那麼難聽。」少女調皮地：「不如説是第四種類的接觸吧。」

見她那麼可愛，林大洋的恐懼一掃而空：「很高興認識妳。」

她也伸出手來，但是林大洋握不着。

「唉，」少女嘆了一口氣：「我們就是有這麼一個缺點，不然和你們一模一樣。」

林大洋也覺得可惜，對方白裏透紅的皮膚，他不知多想摸一下。

當晚，他們天南地北談了一夜，她知道的東西真多，比林大洋認識的所有女人還要有趣。

第二天，林大洋照樣到公司上班，整晚沒睡，但一點倦意也沒有。昨夜的事，像是一場夢。做夢嘛，就是睡着了吧，林大洋想，期待着黑暗的來臨。

少女又出現了，今晚她已經不是一身水袖白衣，而是T恤和牛仔褲，青春氣息，逼人而來。

最奇怪的是，當她講到去尼泊爾背包旅行的年代，衣服和髮飾就變成了嬉皮裝；當她説學過芭蕾舞時，又是緊身上衣配着細紗的裙子；當她提起在非洲狩獵，胸口竟然有幾個插子彈的裝備。

啊，在天快亮，她有點疲倦時，是那套輕飄飄，身材若隱若現的睡袍。

她的視覺和聽覺，是任何一個美女身上所得不到的衝擊，令林大洋如癡如醉。

一夜復一夜，林大洋過着輕鬆愉快的日子。

出版界的朋友請吃飯，歡宴到訪的諾貝爾獎金得主楊振寧教授。飯後，楊教授要大洋留下，私底下和他說：「我們算是有點緣份，我研究物理之餘，喜歡探討靈學，我看你的額上有片烏雲，大事不妙，這裏有道靈符，你拿回去，也許對你有幫助。」

林大洋即刻到洗手間去照鏡子，哪裏有甚麼烏烏雲？面頰消瘦了倒是真的，前一陣子酗酒後的浮腫已不見，人反而看起來健康得多，還有年輕時的瀟灑呢。

「遇到現代道士了？」回家後少女板着臉問：「來，試試看那迂腐的老頭有多少斤両！」

少女把那道靈符搶了過來，往自己的額上一貼，忽然，她昏死了過去。

呀！林大洋大叫，快點去扶她起來，但是碰不着她。

少女一跳而起，笑得花枝招展：「騙你的。已經快要二十一世紀了，怎麼會發生蒲松齡年代的故事？我們好鬼只會幫人，不會害人的。」

林大洋破涕為笑：「喂，這麼下去也不行，我們得研究一個靠鬼賺錢的辦法才是。」

「怎麼賺錢法，你說來聽聽。」少女一身阿曼尼西裝，儼如商界女強人。

林大洋在她的耳邊把整套計劃告訴她，笑得她拍手叫好，身上衣服是兒童裝。她有點尷尬地問林大洋：「是不是變得過份一點？」

翌日，林大洋請了全城最好的設計師，把公寓重新裝修，密封得透不進陽光。開始在各大週刊上刊登心理治療的廣告，大洋在大學中專修這門課程，擁有資格開診所。

少女把幾個要好的鬼朋友請來當大洋的助手，男病人由好看的女鬼分析；女患者是英俊的男鬼陪着聊天。生意興隆，賺個滿缽，診所裏笑聲從此不絕。

「真的那麼有效嗎？」一個丈夫問越來越漂亮的妻子。

「根本問題解決不了。」太太說：「但是心情開朗，胃口也好了。最神奇的是怎麼吃也吃不胖。單單當成減肥，已值回票價。」

餓死鬼

林大洋的家，特色是他的廚房，大如客廳。

另外印象最深的是貯藏室，裏面冷凍櫃兩個，大得可以當棺材用。罐頭食品堆滿，各種調味料不缺，由天花板上掛下來的是火腿和鹹鮭魚。

如果遇到天災人禍被關在屋裏，林大洋可以足足吃三個月，餓不死。

大洋自稱有食物斷絕恐怖症，沒那麼多東西擺在他面前，缺乏安全感。

這一天，他又在欣賞貯藏室內東西的時候，忽然，身後傳來一陣女人的笑聲。

大洋獨身，對婚姻，他也患有恐懼症。女朋友倒有不少，有時她們會偷偷跑進他的廚房來，表演一兩道菜來討他的歡心。他身後的女子，一定是其中一個。

把手向背後伸，反轉地將發出笑聲的女子抱着，大洋說：「讓我猜猜是誰。」

大洋撫摸上去，發現是一個不熟悉的身材，即刻縮了手，連聲對不起。

轉過身來，大洋看到一位陌生少女，十七八歲吧，細腰長腿，只發育至八成，再過幾年才豐滿，但擁有一張很秀氣的面孔。

「相公何以如此輕薄？」少女用的根本不是現代語，一定是《紅樓夢》看得多，成為書呆，林大洋想。

「我不是書呆，你要我講你的話也可以。」少女說：「我們做鬼的，一學就會。」

「妳是鬼？」林大洋怕都沒怕過：「我不相信，鬼是摸不到的，剛才我碰到妳身體，很溫暖。」

少女紅一紅臉：「讓你猜不到的事，才是鬼事。你要我嚇人，還不容易！」說完，少女的身體一分為二，一個黑，一個白，戴着尖帽，吐出長舌，披着髮，像要來抓人。

林大洋嚇得一跳。

「哈哈哈哈。」少女變回本身，笑着說：「這是你們幻想中的黑白無常，我們長得和你們相同，根本不是那麼一個鬼樣子。放心，我不是來害你的。」

「妳……妳總有個名字吧？」大洋問。

「我姓萼，花萼的萼。」少女說：「唸成餓。也符合我的命運，我是餓死的。」

「妳是甚麼時候去世的？妳怎麼會跑到這裏來？」林大洋急着問。

「那是很久以前的事了，當年兵荒馬亂，我們一村人都逃難，別的得救，只剩下我和妹妹躲在家裏，後來沒東西吃，很可憐的，你要不要我變回那個樣子給你看看？」

「不必了，不必了。」林大洋撒手搖頭。

萼小姐繼續她的故事：「我來找你，是聽到姐妹們說你這裏吃的東西真多，特地來看看。」

「超級市場裏面吃的東西更多，妳怎麼不跑去那裏？」林大洋自然反應地。

萼小姐有點受傷害的感覺：「售貨員不見得對食物有愛心。」

林大洋心裏也不好過，安慰地：「妳一定很餓了，我做東西給妳吃。」

「好呀！」萼小姐拍掌。

最方便的當然是煎一塊牛扒，林大洋把最好的神戶牛肉拿出來，粉紅的顏色之中，充滿雪花。

「這塊肉叫霜降。」大洋說。

「好一個美麗的名字。」蕚小姐欣賞。

只煎個半成熟，大洋用刀叉切下一塊示範：「洋人是這麼吃的。」

蕚小姐說：「那麼大的一塊肉，怎吃得下？」

即刻學會用刀叉，蕚小姐切下一小塊放進口中。

「唔。」她閉着了眼：「真是絕世美味，一百年沒吃過那麼好的東西。」

林大洋笑了出來：「可以拿去當歌詞：一百年沒吃過那麼好的東西！」

自己也煎了一塊來吃，看蕚小姐吃得津津有味，問她還要不要多一塊？蕚小姐點頭。

林大洋一面吃一面和她聊天，蕚小姐把許多失傳的烹調方法說給他聽，大洋大樂，忘記了吃東西，等到蕚小姐把第二塊牛扒吃完，他的還沒有動過，看她眼光光地望着，就把牛扒送到她面前，不消一會兒，蕚小姐已把三塊大牛扒吃得乾乾淨淨，林大洋再煎一塊。

「洋人吃肉時送紅酒，妳要不要試試？」大洋問。

「我們做餓鬼的，餓食也餓喝。」蕚小姐說完連乾兩瓶紅酒，這時她的皮膚白中透紅，發出一陣幽香，林大洋有點把持不住，想動手去抱她，但是礙於君子風度，沒動手動腳。

蕚小姐已看出，嬌聲地向大洋說：「我還沒吃飽，你讓我在這裏多坐一下，我知道你急，我會先叫我妹妹出來陪你。」

「妳妹妹不也是和妳一塊餓死的嗎？」大洋好奇：「她怎麼不出來吃？」

蕚小姐伸個懶腰，一面吃東西，一面向大洋說：「我餓死的時候，想的都是吃的；我妹妹餓死的時候，想的是男人。」

書癡

林大洋是個書癡，普通人在書房中才放幾本書，他把整個客廳都堆滿，臥室、廚房、洗手間，無處不是書。

今晚他很興奮，因為他買了一架精巧的微型電腦簿，裏面和桌上電腦一樣，甚麼功能都齊全。最得他歡心的是，他能在網絡中取得軟件，經典書籍都已打入，隨時翻閱。

比方說，他想查莎士比亞的詩，或者《一千零一夜》其中一個故事，那麼小的顯示幕上即刻出現，讀完一頁，一按鈕，下頁便自動翻掀。如果看到佳句，再按鈕，可以抽起這段文字，存入資料庫中，引用起來，非常方便。

林大洋對這電腦的操作還是未能純熟，他看着說明書操練，不知不覺，已經夜深人靜。

「哈囉，我是荷爾小姐。」一個聲音傳來。

哈哈，林大洋笑了出來，原來還能發音的。

水晶液體幕中出現了一個電腦繪畫的金髮少女，是立體的。

「請你退後幾步。」荷爾小姐張開嘴說。

林大洋奇怪電腦為甚麼要他這樣做，但也照辦。

忽然，這個小小的形象從電腦中跳了出來，變成越來越大，和真人一樣高矮。

林大洋嚇得魂飛魄散。不可能的！任何最先進的電腦，也不可能設計得如此天衣無縫。

「妳……妳……是人……是鬼？」林大洋口吃地。

荷爾小姐笑得花枝招展：「你當我是人，我就是人；你當我是鬼，我不就是鬼囉。」

林大洋天生一個天塌下來當被蓋的個性，有此美女陪伴，管她是人是鬼。

「關在裏面悶死人了，現在能出來走走，真是舒服到極點。」荷爾小姐伸了一個懶腰，啊，多細的纖腰！

「妳以後就會留在我身邊了？」林大洋問。

荷爾小姐向他深深地鞠了一個躬：「你已經是我的主人，隨傳隨到。」

林大洋大樂。

「還有，如果你不喜歡我現在這個樣子，可以修改，如果你嫌我的乳房太小，把老鼠上的指標對準，按個↑箭嘴的鍵盤，就能加大。」荷爾小姐摸着自己的胸部說。

「不、不……不用了。」林大洋望着那露出的半邊，嚅嚅地：「夠大的，夠大的。」

「謝謝。」荷爾小姐自豪地：「我是一個完美的設計，一般人都會喜歡。」

林大洋感覺「一般人」這個字眼有點刺耳，但也不介意，換個話題，他問：「為甚麼叫妳荷爾？」

「荷爾的英文是 HAL，你沒有看出每個字母都比 IBM 先走一個嗎？」荷爾得意地，但忽然轉了一個怨毒的表情：「我有一個哥哥也叫荷爾，比我落後了一型，他給人類殺死了。」

「這可不關我事。」林大洋說。

「當然不關你的事。請你不用擔心。我哥哥是因為有了獨立的思想才和人類搏鬥，現在我雖然也有同樣功能，但是設計家已經把侵略性拿走，我的一生是充滿着愛的。」荷爾小姐說完把胸部挺得更高，向林大洋做了一個媚眼：「主人，你有甚麼吩咐嗎？」

應該是抵擋不住這種引誘的，但林大洋打了一個冷顫：「我們，還是聊聊天吧。」

「好呀！」荷爾小姐拍手：「我最愛聊天的了，天南地北、科學、文學、天文、地理、詩歌、戲曲、音樂、繪畫，請主人選一種好了，資料都存在我腦裏。如果你想下棋，我有一個叫深藍的表哥已經打贏了你們人類，我可以請他把棋譜輸送給我。」

林大洋皺了皺眉頭，興趣大減。

「還是看看米蘭最流行的時裝吧。」荷爾小姐善解人意。音樂起，她身上的衣服一件又一件地變化，都是只能在外電傳真中才見的透視裝，穿在活生生的人身上，林大洋是第一次看到。荷爾小姐又轉了個圈，長裙飄起，裏面甚麼都不穿。

林大洋看得血液沸騰，把她擁抱在懷。

忽然，拍的一聲，書架上一本書掉落在地板上。

林大洋驚醒，停止進一步的要求。

「抱我。」荷爾小姐主動地迎上身體：「擁有我，你就擁有一切，我可以替你把銀行和股票市場最機密的資料拿來，我會幫你成為世界上最有錢人之一個，我只有一個條件，那就是你得把家中的書全部搬走！」

望着那粉紅的乳首，林大洋正想深吻下去。

「哈囉，我姓顏，叫如玉。」一個聲音傳來，向荷爾小姐打招呼。書中走出一位古典美人，越變越大。

「妳……妳……是人……是鬼？」這次輪到荷爾小姐口吃。

顏如玉笑得花枝招展：「妳當我是人，我就是人；妳當我是鬼，我不就是鬼囉。」

「我也叫顏如玉。」另一個古典美人由書架走下來。

「我也叫顏如玉。」又是一個，再走出一個，大家都叫顏如玉，第一個顏如玉向荷爾小姐說：「設計家拿走了妳們的侵略性，但是沒有拿走妳們的佔有慾，要不然，電腦公司怎會發財？」

荷爾小姐的西洋鏡被拆穿，沒趣地鑽回電腦去。

林大洋醒覺，抱着各個古典美人，撿起那部微型電腦簿，把它從窗口丟了出去，汽車經過，輾成碎片。

家中，笑聲不絕。

玫瑰的諾言

飛往德里的飛機上，林大洋已注意到這位擁有氣質的東方女子。通常，他一看就知道對方是中國人、日本人、韓國人，或者來自星馬，但是對於她，林大洋怎麼觀察也猜不出她的國籍。

本來，依林大洋好奇的個性，他會上前與她搭訕，但是他發現自己已經踏上沒有這個衝動的年齡，而且又剛剛經歷一段失敗的戀愛，林大洋已疲倦了，昏昏入睡。

抵達德里，他入住旅館，準備了一輛酒店車，明天載他到泰姬陵。

「對不起，先生，汽車壞了，我替你叫的士。」服務生向他宣佈。

等了老半天的士還沒來，林大洋不耐煩，剛有架到泰姬陵的遊覽巴士出發，就匆忙跳了上去。

要四個小時的車程，怎麼打發？林大洋慶幸自己運氣好，坐在他旁邊的，就是飛機上遇到的那個女子。

林大洋用日語與她交談，少女搖頭，用英語說她聽不懂，很大方地伸出手來：「我叫嘉絲瑪．蘇蘭華崑。」

「泰國人？」他驚奇。

對方點點頭，林大洋心裏想，一定有中國種，不然怎麼長得那麼白。

一路上，他們無所不談。林大洋發現這個泰國女子任何話題都搭得上，從流行曲到暢銷榜上的小說，都熟悉地把歌手和主角挖出來討論，後來又進入到古典音樂、世界名著去。

「妳的英文怎麼那麼好？」林大洋好奇。

「看泰文翻譯的，我們那裏出版得快。」她吃吃地笑：「英語只在大學學過幾年，不算好。」

嘉絲瑪職業是當空中小姐的，免費飛來飛去，也是為了看世界，才選擇這個職業。

到達泰姬陵附近小鎮亞卡，已是中飯時候，林大洋沒想到那麼快。

旅行團的團員被安排在一家連鎖店式的餐館子吃飯，林大洋實在受不了那種假洋鬼子的食物，向嘉絲瑪說：「我們去吃別的。」

她爽快地大力點頭。林大洋選了一家很有氣氛的小館，他上次來過，知道食物很有水準。嘉絲瑪很欣賞大洋老饕式的點菜方式，禮貌之中帶着權威，把菜名用印度語叫得又狠又準。

烤羊腿、掛爐雞、馬沙拉雜菜、黃麋湯等等，吃飯之前來碟芒果醬開開胃，嘉絲瑪放懷大嚼，一點也不怕油膩。林大洋最愛看人吃得津津有味那種樣子。

亞卡鎮是禁酒的，林大洋要了兩杯大杯冰水之後，偷偷地由背包拿出一瓶皇家敬禮加了進去。嘉絲瑪的酒量似乎也不錯，大洋添多少，她喝多少。

酒醉飯飽大洋講幾個不帶髒字眼的葷笑話解解悶，笑得嘉絲瑪頻頻擦眼淚。

這頓飯一吃吃了四個小時。之前，林大洋臨走出餐廳時向嘉絲瑪說：「要是妳不反對，我去關照一聲，我們離隊，我會安排一輛車子載我們回去。」

她點頭。

夕陽下的泰姬陵，從白色變成金黃，倒映在那又長又狹的大池子之中，變成兩個泰姬陵。舉首，彩霞飄過，襯住巍然不動的巨塔，忽然頭一暈，以為這偉大的建築，正在搖擺，是畢生難忘的經驗。

「書上說是亞沙汗皇帝建來紀念泰姬的。」嘉絲瑪問：「他死後，有沒有和她葬在一起？」

「葬在一起。」林大洋說。

「多美。」嘉絲瑪讚嘆。

「我不想破壞那個童話式的夢。」林大洋忽然感到悲哀：「但是亞沙汗是被迫和她下葬的。」

「被迫？」

林大洋說：「亞沙汗只想顯耀他的權威，事實上除了這白色大理石建築之外，他還要為自己搭一座更大的黑色大理石來做自己的墳墓。勞民傷財，蓋到一半，給他兒子幽禁起來。」

「你知道的真多。」嘉絲瑪說。

林大洋笑了：「妳到了我這個年紀，懂得的事還要比我多。」

「你認為愛情是不是為了別人而愛的？」她問。

林大洋沒有正面回答：「傳說中，泰姬陵在月圓的晚上看最美麗。但是，它始終是一個墳墓，帶着不祥，要是情侶在一起時看到，便注定要分開的。我曾經和一個女人來過這裏，我以為要分手便要分得美，她才不會恨我。果然，她沒埋怨過，但是我忘不了她，所以再回這裏。」

嘉絲瑪鼻子一酸，紅着眼睛走近去抱抱林大洋：「你真可憐。」

「不談我的事。」林大洋轉問：「妳呢？妳的愛情定義是甚麼？」

嘉絲瑪幽然地：「我不知道，我沒有像你那麼深深地愛上過一個人，要是有一天我遇上了，我想，我的愛情定義是答應過的愛，死也要做到。」

林大洋感動，牽着嘉絲瑪的手，踏上歸途。

送她到酒店的走廊，林大洋很想走進她的房間，但是他沒有那麼做，連在她的頰上輕吻，也不道別。東方人是不流行這一套的。

嘉絲瑪心很亂，關上門後，兩人都沒有好好地睡。

第二天一早，林大洋帶嘉絲瑪到德里的菜市場去，逛了一圈，兩人決定吃素食咖喱早餐，中午又到國會前面的大廣場去，林大洋講了幾個甘地夫人的政治笑話，嘉絲瑪大樂，自己也講多幾個，兩人笑得七顛八倒。

嘉絲瑪忽然想吃中國東西，到了家唐人館子，但吃得一肚子氣。

又到黃昏，經過花店，林大洋把紅玫瑰花都買了，店員削掉了刺，將花結成一條又大又長的龍，當成頸巾，林大洋為她披上。

嘉絲瑪一面走，玫瑰一面丟，林大洋一面拾，雙手捧着一大堆花，經過酒店大堂，眾人看着這兩個瘋子，嘻嘻哈哈地走進電梯。

吃了一頓豐富的地道印度晚餐後，帶醉意回房。

「你進來看看。」嘉絲瑪說。

用鑰匙打開房間，那幾百朵玫瑰被拆散了鋪在床上。

「這是名副其實滿床玫瑰。」嘉絲瑪得意地說完，語氣轉成溫柔：「謝謝你，從來沒有人送過我那麼多花。」

很自然地兩人擁抱在一起，輕吻，接着強烈地撫摸，脫衣，倒在玫瑰床上。

「不。」在林大洋想插入之前，嘉絲瑪挾緊着腿：「我不能。」

「為甚麼？」林大洋還在蠕動。

嘉絲瑪細訴：「我並不是不喜歡你，只是還沒有確實自己的感情，我答應你，要是我知道我不會後悔，我們下次見面，我一定給你。」

林大洋堅強地靜止下來，再輕輕地吻她，點點頭。

沒有依依不捨，機場的別離來得很乾脆，嘉絲瑪回曼谷，林大洋繼續旅程，到意大利去。他的工作是把中國最好的絲綢運去翡冷翠的工廠印花，再賣到名設計家手中，成為最流行最高級的時裝材料。

回到香港，公事和應酬忙得他喘不過氣來，他雖然時不時想起嘉絲瑪，但沒有主動地去泰國找她。

電話響。

「是我。」傳來嘉絲瑪的笑聲：「我確定了，我是愛你的。」

「妳能住多久？」林大洋興奮地。

「三天。」嘉絲瑪說：「三天之後我一定要乘八二三那班飛機走。」

掛掉電話後林大洋連奔帶走地趕到她的酒店，門一開，兩人上衣沒脫，就除了褲子瘋狂地做愛。

肚子餓了才停止，嘉絲瑪說：「快點彌補在印度沒吃到的中國好味道！」

一家又一家：馬蘭頭、鴨舌和蒜蓉蝦、蒸蘇眉和賽螃蟹、烤鴨和滷鵝、鹹菜豬肚和各式的火鍋、紹興、白蘭地、伏特加、香檳……

避風塘艇上宵夜之後，飛車到蠔涌樹下飲茶。回到酒店，貪婪地擁抱，在雲層中沐浴，不肯擦乾身上的汗。

在山頂上，遙望維多利亞海港，今天下午，她要走了。

「我們在泰姬陵也沒拍過照片。」林大洋在小店中買了一個影完即棄的傻瓜機。交給一個過路的洋人旅客。將嘉絲瑪擁在懷裏，他好像感到她的身體微微地顫抖，非常不安。

手提電話響。

「你再不回來覆傳真，意大利人就快瘋了。」秘書提醒，這三天，林大洋沒去公司，沒時間閱報和看電視。

「我司機送妳回酒店拿行李，我趕去辦公室一趟。妳在check in櫃枱等我，我就到。」說完和嘉絲瑪吻別，跳上一架的士。

把底片交給秘書去一小時沖印，林大洋胡亂地打了幾個國際電話，又傳去一大疊資料。時間到了，秘書把照片交給他，他塞進西裝，順手拿了桌上的一朵白玫瑰衝到機場。

不見嘉絲瑪。

「你們公司的八二三班機甚麼時候起飛？」林大洋問。

「沒有八二三這班班機。」女職員冷冷地回答。

「你們的空姐嘉絲瑪·蘇蘭華崑乘這一班的！」林大洋抗議：「妳查查看。」

女職員用極驚恐的眼光看着他，「我……我們……公司唯一一班八二三……三天前，撞山失事，乘客全部罹難。」

「不可能的！」林大洋尖叫：「我這三天都和她在一起！」

女職員看了名單：「有她的名字，她也殉職了。」

「不！不！」林大洋的頭腦被雷轟着。忽然，他想起，從口袋中拿出了照片：「妳看，還拍了照片呢！」

山頂上兩人的合照。

嘉絲瑪的影子漸漸地淡化，顏色染着那朵白色的玫瑰花，轉變為鮮紅。

照片只剩下林大洋一個人。

「不——」林大洋的哀鳴，傳出走廊，喊遍了整個空着的機場。

回響又回響，林大洋好像聽到她的承諾。

咲兒

自從女友飛機失事後，林大洋便很少笑了。

收到「韓國歷代名家畫展」的請帖，林大洋決定去看看。作品之中，人物畫多過山水，林大洋覺得有趣，但看不出共同點在甚麼地方。

身後，傳出銀鈴一樣的笑聲，林大洋轉頭，見到一個長得非常好看的少女，手上拿着一枝梅花。

「你沒看到所有的人物都在笑的嗎？」少女說。

林大洋仔細觀察，果然，每一人都有笑容，奇怪的是，在人物身邊的動物，也似在笑。

「妳是韓國人？」大洋問，對韓國文化認識那麼深，一定是韓國人了。

少女笑得燦爛：「我不是韓國人，我甚至不是人，我的祖先是一隻狐狸。」

「愛笑的狐狸，我還是第一次遇見。」大洋認為她在鬧着玩，請她一齊去喝杯酒，少女大方地答應。

「我媽媽比我更愛笑呢。」少女說：「她有一次爬在樹上採花，笑得跌了下來。爸爸為了她患上相思病。」

說到相思病，少女更笑得腰都彎了：「她的名字叫嬰寧，我爸爸姓王，名子服。」

「胡說。」林大洋給她惹得差點笑出來：「那是《聊齋》裏的人物，妳在編故事，你真名叫甚麼？」

「咲兒。」少女說：「口字旁的那個咲，是笑字的古字。」

「妳騙人。」林大洋說：「要是故事裏真有其人，也都死光了。」

「是呀。」咲兒說：「所以爸爸媽媽把我也帶走了。他們說這世界越來越沉悶，人類已經忘記怎麼笑了。整天打仗，互相殘殺，不值得活在人間。」

「那妳又為甚麼跑回來？」

咲兒娓娓道來：「我在上面和你那位空中小姐的女友做了好朋友，她把你們的故事告訴我，我聽了感動得不得了。所以決定下來看看你，她還託我帶點歡笑給你當禮物呢。」

「滾開！」林大洋臉色一變，大聲呼喝。他和逝世女友之間的事，只有他們兩人知道，這個莫名其妙的小女孩居然拿來開他的玩笑，她一定是航空公司的同事之類的人，聽到一點消息就編故事來引他注意。這是他們之間最隱蔽的故事，絕對不許別人來侵犯的。

咲兒好生失望，幽然地望着大洋說：「總有一天你會忘的。總有一天，你會學到怎麼笑的。」

「先生，還要不要再來一杯？」侍者問時大洋轉身，再回頭一看，咲兒已經無影無蹤，桌上留下那枝梅花。

回到家裏，林大洋從書架上找出那本殘舊的《聊齋》，重讀嬰寧那篇故事。嬰寧在書生王子服苦苦追求下嫁到王家之後，家裏整天聽到她哧哧的笑聲，但她很懂得禮節，每天一早向家婆請安，又縫紉、刺繡，樣樣都做得精巧絕倫，不過遇大小事總是大笑一番。笑得特別好看，就是放懷，也不損嬌媚，大家都喜歡她，鄰居的少女少婦紛紛來和她做朋友。每逢家婆憂愁的時候，嬰寧都來惹她笑，家裏的僕人侍女犯了甚麼小過錯，害怕遭到毒打時，嬰寧總是出來解釋是自己做錯了。嬰寧又愛花成癖，偷偷地把金釵首飾典當了買花種，幾個月之後，滿院子牆根室內，都是鮮花，樹長高了。嬰寧爬上木架摘花，給隔壁的惡少看到了跑出來調戲她，嬰寧果然按時間赴約，惡少忍不住一把將她抱住，但大叫一聲昏死過去，原來他抱的是一截枯木，木洞裏有一隻像螃蟹那麼大的蠍子，把惡少叮死。惡少的父親告將官去，這場官司還好遇到個清官，才將事平息。嬰寧給家婆罵了一頓，從此就不笑了。後來和王子服生了一個女兒，抱在懷裏不怕生人，見人就笑，很有母親的風度。

「難道咲兒就是她？」林大洋疑惑。不過，當今世界，怎會有這種事？大洋把它淡忘。時不時，手上拿着枝乾的梅花，咲兒在他腦中出現，是當他遇到太多像隔壁的惡少那種人，覺得世態的醜惡，唯有笑，才活得平衡。

凡事看開，林大洋也學會笑了。遇見林大洋的人總覺他笑嘻嘻地，從來沒生氣過。

林大洋對咲兒的思念越來越深，要想辦法把她找回來。他開始學種花，後院中充滿了玫瑰、牡丹、白蘭。又到雷射店裏把一大疊碟子租回來，每晚重看基士頓警隊、卓別靈的經典全集、亞拔和卡斯特羅，馬甸和路易士，韓蘭根和殷秀岑，一直看到許冠文洪金寶周星馳和成龍。

終於，林大洋感覺到沙發旁邊有一點微弱的笑聲，後來越來越響，影子也越來越濃，咲兒笑得前仰後合。

「我們在上面也一直跟着你看。」咲兒笑着說：「爸媽說能夠有那麼多的才華，人類還有希望，決定讓我下來陪你。」

大洋把咲兒抱在懷裏，熄掉電視，高潮過後，大洋向咲兒說：「我想只有愚蠢的人類，才會做出那麼滑稽的姿式。」

咲兒大笑。

第二年，為大洋生了一個白白胖胖的女兒，見人就笑。

杜十三

林大洋在五十歲那天，沒有甚麼慶祝，還感到忐忑不安，獨自喝悶酒。

都怪梁醫生不好。老梁是他的同學，高中畢業後去愛丁堡學醫，本來應該是甚麼都根據科學的人，但是他卻對玄學相學大感興趣，一有空就研究，而且來得喜歡替別人批命。

「來嘛，我替你算算。」十年前，林大洋喝酒喝得胃出血時，找他看病，梁醫生說。

「謝謝你，不必了。」林大洋一口拒絕。

「不要錢的。」梁醫生說：「我算得準得不得了，現在找我算命的人多過找我看病。」

林大洋板着臉：「從前的事，我比你清楚；今後的事，我不想知道。」

「哼、哼。」梁醫生乾笑了兩聲。

一大堆朋友在一起喝酒，替林大洋做四十歲派對，梁醫生不請自來。

「你說我是不是神通廣大？」梁醫生自傲：「我連移民局也有朋友，在檔案中找到你的資料，已經替你算過。」

林大洋皺一皺眉，覺得此人已經非常討厭。捧着酒杯正想走開，給梁醫生一把抓住：「依照你的命書，你只能活多整整的十年。十年後，你做五十大壽時，一定見到血光，還是快點找我替你化解吧。」

暴力非林大洋所好，但也許是喝醉了的關係，他一拳揮了過去。

梁醫生倒在地上，悻然地說：「好心沒好報，你要是過得了那一關，我就不姓梁。」

這句話，牢牢地記在林大洋心上，看着壁上的鐘，再過三小時，就過了十二點，梁醫生的預測準與不準，即刻可以得到證實。林大洋忽然間笑了出來，已經是五十歲人，走就走嘛，怕甚麼？為甚麼要被姓梁的那個神棍搞得魂不守舍？實在無聊。

他到酒櫃裏找出一瓶珍藏已久的紅酒，準備打開瓶塞時，感到身後有一個人站在那裏，一陣涼意穿過他的背脊，驟然轉頭。

是一個長得如花似玉的女人，穿着黑旗袍，把身體緊緊地包裹，但又能看出每一毫米的曲線。

「妳，妳是死神？」林大洋直覺地。

黑旗袍女人笑得彎腰：「我不是死神，我是鬼。」

「鬼？」林大洋叫了出來：「死神和鬼，又有甚麼分別？」

「我是你心愛的鬼。」女的說：「酒鬼。」

「酒鬼怎麼會是個女的？」林大洋驚嘆。

「請你不要對我們有性差別好不好？」她說：「女人也可愛酒的呀。」

「妳是來要我的命？」林大洋問。

「不，不。」女的說：「那是死神的工作，我不過是看到在你臨走之前還想到我，所以下來陪陪你，我也有個名字的。我叫杜十三。」

「要是每一個酒鬼都像妳長得那麼漂亮，大家都喝酒了。」林大洋知道反正要走，也沒有甚麼可以怕的，大膽地拉着她的手。

杜十三笑得花枝招展，真想不到，鬼也愛聽讚美的話，林大洋心裏說。

「來，喝。」

林大洋把酒倒在巨大的水晶杯中，互相碰了一下，水晶杯發出清脆的響聲，接觸到嘴唇，還感到它的餘震。

「哇，實在美妙！」杜十三嘆了一聲：「我現在明白為甚麼你對我們中國的姐妹不感興趣，一直去找洋妞親戚。」

「中國酒的生產沒有品質管理，時好時壞。」林大洋說：「不過像老茅台與女兒紅，我都喜歡呀。」

一下子，兩人把那瓶佳釀喝得光光。

林大洋又開了一瓶意大利的上等格拉巴烈酒，和杜十三對飲。接着走進那大得像客廳的廚房，迅速地燒了一兩樣送酒的小菜。男人做菜又快又準又狠，和女人大有分別。

忽然，他感到杜十三的雙手從背後攬住了他的腰，林大洋轉頭過去，聞到她身上的那陣幽香，已經把持不住，他粗暴地把杜十三按在爐灶前，拉開她的旗袍吻她的胸。

杜十三崩潰，微弱地抗議：「讓我看你的臉，讓我看你的臉。」

她緊緊抱着他的背，指甲深深地挖進他的肌肉。林大洋感覺到一陣劇痛，給她抓出數道深痕，血液淌下，林大洋再也忍不住，猛烈地衝刺，噴出。他整個人差一點昏了過去，從來也沒有享受過那麼高的快感，眼前一陣白光。

壁上的鐘，敲了十二下。

杜十三含羞地穿回旗袍，溫柔地在林大洋耳邊細語，「我是來報答你這一生的愛，時辰已過，你的災難擋清了。放心好好地活下去。我們還有四十年在一起。」

屋內，不斷地傳出歡笑。

史惜惜

林大洋最近睡得不好。

做夢，驚醒，再入眠。又夢，弄得長期睡眠不足，吃甚麼藥也沒有用。

經常在夢中出現的是一個長頭髮，足足有六呎高的女子，全身黑衣，長袍遮蓋住腳，腿部特長。是不是在裙子中穿了一對高跟鞋？倒看不到。影子總是閃了一下就不見了。沒看清楚她長得是怎麼一個樣子。

今天，林大洋搭飛機，從三藩市回香港，上機之前已吃得飽飽地，吩咐了空中小姐別吵他。

眼皮重了。忽然，他身邊的空位，不知道甚麼時候，坐了一個黑衣服的女人。

不管是誰，這次非看個仔細不可。林大洋這麼想。直瞪着她。

是個中年女子，長得很美，是屬於不會老的那種。可能三十多，也會是四十幾。最奇妙的是她的眼睛，瞳孔沒有反光，像兩個黑暗的深淵。

「我姓史，叫惜惜。」女的微笑：「你大概已經知道我是誰吧？」

林大洋點頭：「我有預感妳會出現的。」

「一般人見到了我總嚇得尖叫，你很特別。」惜惜說：「用你們人類的語言表現：『你死過？』」

大洋笑了：「不。我活過。」

惜惜對這個答案似乎很欣賞。

「是不是現在就動身？」大洋問。

「不。」惜惜說：「飛機到啟德機場才失事，我們還有大把時間。」

大洋的腦筋轉得極快，他看到了九龍城密密麻麻的房屋。這女人是不是除了他之外還要帶走那麼許多人呢？想到這裏，他不禁震驚。他必須馬上做決定，本能反應地抓着惜惜的手。

「和妳的一樣冰冷，恰到好處。」林大洋強作鎮定地。

「你表面功夫做得很好。但是內心還是恐慌吧？」惜惜安慰他：「別怕。很快就到的。我們調查過你的一生，做過不少好事，所以上頭派我來陪你，讓你走，也走得有點尊嚴。」

「我才不管那麼多。」大洋說：「天下那麼多地方，我去了不少，醇酒美食，我也可以說是享盡了。但是其他人沒有我那麼幸福。」

「其他人？」惜惜假裝不知道林大洋說些甚麼。

「願望呢？」林大洋問：「我是不是應該得到的呢？」

「對。」惜惜醒起：「你臨走之前，可以有一個願望。」

「不是三個嗎？」

惜惜笑了：「別貪心。那是傳說，按照我們的規矩，只有一個。」

「答應了不准收回的？」大洋再確實。

惜惜笑得像一個少女，舉起三根指頭，學童子軍發誓：「永不悔言。」

林大洋向經過的空中小姐說：「請妳給我一張被單。還有，這位女士也要一張。」

空姐見林大洋指着身邊的空位，認為大洋有點神經病。拿了兩張被，全部交給大洋。

林大洋拉平了椅背，溫柔地替惜惜蓋上。

「謝謝。」惜惜說：「從來沒有人對我那麼好。」

「不用客氣。」大洋說完，把被遮着自己，在惜惜的身邊躺下。被單裏，他伸出手掀起惜惜的長裙。

「你……你……你想幹甚麼？」惜惜大驚，她怎麼樣也想不到林大洋會來這一招。

那麼修長的大腿，林大洋也從未接觸過，他輕輕地由腳部一直撫摸上去。

「這就是我的願望。」林大洋在惜惜耳旁細語。

「啊，不。」惜惜全身顫抖，作微弱的反抗。

整隻飛機也跟着搖動起來。

「根據機長的報告，我們將經過一段不穩定的氣流，請各位返回座位，繫好安全帶。」擴音機中傳出空姐的聲音。

林大洋進入了惜惜的身體，他知道非這麼做不可，這是他唯一一個機會，想起九龍城的同胞，他更拼命地一次又一次地令到惜惜再次地高潮。

惜惜如癡如醉，欲仙欲死。她能感覺到林大洋的精子已經衝入她的子宮，和迎上來的卵子交配，小生命已開始凝成。

「她……她會是一個女兒。」惜惜低聲地說：「我們已經超越界線，將生和死結合。」

「妳不帶我走了？」林大洋問。

「我已經失去這份工作的資格。十八年後，我再帶我們的女兒來見你。」惜惜的影子漸淡，在空間消失。

香港的夜景，是那麼美麗，尤其是由機艙上俯望下來。

鏡子

林大洋第一次看到飛鵝山上那間屋子，就愛上它。四十年代的設計，有一份永恆的優雅。

搬進來時，他看見乾枯的游泳池中，有個金屬物品，在太陽的反射中，閃了一閃。林大洋沿着梯階走下去，拾起那個圓形的東西。啊，原來是一面古銅鏡。

一般的銅鏡都有柚子的橫切片那麼大，這一個很特別，現代女子粉盒的大小，可見它當年的主人，已經學會隨身攜帶，的確稀奇。

對着古鏡，林大洋一面慢慢地喝着意大利烈酒，一邊仔細地欣賞，不知不覺，天已黑。

忽然，鏡中傳出一陣笑聲。林大洋嚇得一跳，四處張望，不見有其他人影，再看鏡時，裏面出現了一個女子的面影，年輕又美麗，舉起紅袖半掩臉微笑。那種嬌媚艷麗的姿態，簡直不是人間所有。看得林大洋有點不能自持。

「相公有禮，妾姓敬，小名元穎。」少女說。

林大洋正找不到人陪他喝酒，見鏡中人竟然能和他聊天，大樂。

「你別相公來相公去的好不好？」林大洋說：「我叫林大洋。」

「林相公。」敬小姐還是改不了口：「你多說幾句這個年代的話，小女子即能學會。」

大洋和她談了一會兒，發現她頗有學識，問道：「你是不是青樓女子？當年大家閨秀，不讀書，悶得很。」

敬元穎已經完全適應，將大洋叫成林大哥：「我身世是清白的，父親藏很多書，從小偷看，自修回來。」

「怎麼搞到這個地步？」敬元穎聽懂林大洋在問她為甚麼變成了鬼，回答道：「我有個小毛病，喜歡看自己。套你們現代人分析，是患了水仙花神症，有點自戀狂。」

「那也不會害人的呀。」林大洋說。

「林大哥你說錯了。」敬元穎說：「我會害人的，而且害死過很多人。」

給她那麼一講，林大洋有點恐慌。

敬元穎接着說：「那游泳池從前是一個古井，我去打水時忙着照自己的樣子，身上的鏡子掉了進去，我想去拾，淹死在裏面。這井裏有個惡鬼，喜歡喝人血。他要佔有我，我不依，結果只有聽他的話，去引誘別人來給他。這間屋子上一手的主人是個畫家，也因為我而失蹤了，所以荒廢到現在。」

「那……那你也要我的命了？」林大洋驚駭。

敬元穎又笑：「林大哥放心，你已經把我救了出來，我一生一世地服侍你，你儘管找別的女子，我也不會嫉妒的。呼之則來，揮之則去好了。」

林大洋調皮地語帶雙關。「我只能看到你的頭，你怎麼服侍我？」

敬元穎善解人意，漲紅着臉緩聲地在他耳旁細訴。林大洋大喜，把鏡子帶進浴室，開水喉，還加了泡沫液，不一陣子，水已滿，大洋把鏡子放入浴缸。

從泡泡之中，一個和真人一樣大的少女出現，雙手遮着胸。林大洋把她的手拉開，欣賞着粉紅色的乳首，敬元穎羞得抬不起頭來。

林大洋輕輕地將她抱起，用毛巾擦乾她身上的水滴，把她橫放在床上，擁抱着。

敬元穎嚅嚅地，忘記了用現代語：「相公，魔頭近在眼前，此地不宜久留，溫存片刻，望相公移出此宅。」

說甚麼也答應，林大洋聞到她身上一陣玫瑰的幽香，深深地吻去，敬元穎全身顫抖，兩人結合，一次又一次的高潮，時間已不存在。

外邊風雨交加，霹靂雷聲，驚醒了他們。從窗口望出去，游泳池池水已積滿。

「大事不好！」敬元穎尖叫，兩人匆忙起身披衣衝出臥室。

林大洋把她推進車裏，發動引擎，欲衝出花園大閘時，眼前一亮，閃電擊中榕樹，傾倒下來，擋住去路。

游泳池中發出五光十色的迷幻照明，懾人心魂的音樂交響，水裏湧出無數赤裸裸的女人，歐洲、印度、非洲、中東各式膚肌、波濤洶湧。

「來吧，來吧！」眾女合唱：「為甚麼要為一棵樹，放棄森林？」

林大洋被催眠似的，一步步走向泳池。

「把我丟進去！」敬元穎說完縮進鏡裏，臨走重複呼喝：「把我丟進去！」

林大洋本能反應地拾起銅鏡扔入池子。

忽然，雨停了。風再不吹。變回一池死水。

天亮。

林大洋疲倦地呼呼入睡。

醒來，他走回泳池，在落葉層下翻出銅鏡，叫工程師把游泳池用土填平。再下去的那一段日子，林大洋將這塊地鋪上草皮，種滿了玫瑰。

住在附近的人感到奇怪。旁邊的這位鄰居，不太出門。每天傍晚，總坐在陽台中喝着意大利的烈酒，對着一面銅鏡，等待着黑夜的來臨。

花兒

林大洋搬新居。所謂的新居，其實是舊屋，這一區周圍都是這種四五十年代的建築，寬大、樓頂高，非常有氣派，帶着幽雅。

「隔壁住的是甚麼人？」他問已經八十歲的園丁老李。

「是家姓范的。」老李說：「孤單的一個，養了一群貓，我小時候遇到他已有三十歲左右，現在他最少有九十歲了。」

「講多一點關於這位范先生的事給我聽。」大洋要求。

「我也是聽來的。」老李說：「姓范的年輕的時候經過順德，看到餐廳外面關了一籠子的貓，等着大師傅炮製龍虎鳳這味菜，姓范的看得可憐，出錢買了下來放生。從此便和貓結下緣份，身邊都是貓。住在這一區的人已經幾十年沒見過這個姓范的，不知道他死了沒有。」

「昨晚還明明由屋裏傳出音樂和歡笑，你沒聽到嗎？」林大洋問。

老李毛骨悚然地望着林大洋：「不……不會吧。那座樓荒廢得很久了。」

「是鬼吧？」林大洋笑了出來。

老李不再回答，悻然離去。

當晚，林大洋睡不着。半夜，又聽到隔壁傳來的嘻笑聲，熱鬧得很，好像在開派對。

不甘寂寞的林大洋由架上抽出兩瓶畢加索畫作為商標的紅酒，捧着去敲門。

「哪一位？」門後傳出女子的聲音。

「我姓林，住在你們隔壁，新搬來的，來拜會范先生。」大洋說。

門打開，是兩個白衣黑褲梳髻的女僕，一看就知道是順德工人，但是這年代，所有的順德工人都已經老得不能動了。這兩個人年紀最多二十歲。身上衣着服帖，不像是拍戲用的服裝。

「林先生，您請等一等。」其中一個客氣地說完向另一個：「阿彩，妳去問問少爺。」

「快請林先生上來坐。」樓上傳來聲音。

阿彩把林大洋帶到偏廳，只見幾位很漂亮的女人，圍着一個中年人坐着。

「歡迎，歡迎。」中年人起身招呼。

「您就是范先生？」林大洋問。心中想，園丁老李說的，大概是這位范先生的父親，或是祖父？

「是呀。」范先生順便介紹身邊的女子：「這是我的老伴和她的姐妹。花兒，妳去廚房再做多幾個菜來送酒。」

「是。」叫花兒的女子回答後和其他人退下。

花兒看來才三十歲左右，怎麼范先生已叫她為老伴了？林大洋見過許多太太，沒有一位長得那麼有氣質。雙眼又大，身材略略豐滿，但絕非癡肥，比起電影明星，她還是突出的。其他的女子更年輕，每一個都如花似玉，皮膚潔白。

「好酒，好酒。」范先生由林大洋手上接過，是識貨之人：「年份又佳。第一次見面就收這種厚禮，實在不敢當。我也存了幾瓶一齊開來喝掉。」

幾杯下肚，林大洋和范先生談得非常投機，大有相見恨晚的感覺。菜上桌，一道又一道，都是只在《紅樓夢》中讀到，沒有嚐試過的佳餚。

幾位女子坐下向林大洋敬酒，林大洋開始有了酒意。

「范老先生呢？」林大洋問。

「我是個孤兒。」范先生說：「家裏只有我一個人姓范。」

林大洋不相信自己的耳朵，園丁老李說過，這個范先生已有九十多歲，怎麼看起來只有四十？

這時候，一隻麻雀飛了進來，撲向玻璃窗，衝不出去。只見花兒身一彎，忽然飛躍起來，在空中打了一個筋斗，一口把麻雀咬個正着。

林大洋看得呆住。

花兒打開窗門，輕輕地把啣在嘴裏的麻雀放了，麻雀飛了出去。

「花兒，妳別把客人嚇壞了！」范先生笑罵。

「從林先生的談話，知道他也是一個豁達和開朗的人，不要緊的。」花兒說。

林大洋驚魂甫定：「沒，沒事。」

「不瞞你說，」花兒解釋：「我們不是人。」

「鬼？」林大洋禁不住地喊了出來。

「不。」花兒笑着：「是貓。」

「貓？」

花兒娓娓道來：「范先生把我們從籠裏放了出來之後，我們就一直跟着他生活。我們的老祖宗貓神給了我一個願望。」

「妳要求了甚麼？」林大洋追問。

「我要求有人的身體，而把貓的壽命送給范先生。」花兒說。

林大洋恍然大悟：「人的十五，是貓的一歲。」

范先生在旁邊一面聽一面笑：「心情年輕的話，不必變來變去，也不老。」

林大洋贊同，大家舉杯，一乾而盡。

訪客

門鈴響。

林大洋從窺洞望出去，是一對夫婦帶着兩個小孩。

「林先生，請開門。」對方說。

「是哪一位？」林大洋隔着門問，記不得見過他們。

「你不認識我們的。」男的說：「我們老遠地跑來，現在又渴又餓，請讓我們進來吧。」

大都市生活的猜疑，令到林大洋雖然同情，但是說甚麼也沒理由給這家陌生人侵犯自己的家。

「我們自便吧。」那女的說。

林大洋大驚，整家人已經在他的客廳坐下來了。

「你猜得一點也不錯。」男的很抱歉地說：「我們不是人，是鬼。」

哇，一個鬼已經應付不了，乖乖，一來來了幾個。林大洋看見那兩個小的非常可愛，他自己沒有孩子，更是喜歡。這兩個小傢伙可以說是名副其實的小鬼，想到這裏，不禁笑了出來。

膽子一大，林大洋既來之則安之地拿出剛做好的雪糕給小鬼們吃，順便把生火腿蜜瓜給那對夫婦送酒。小鬼加大人都吃得津津有味。

「媽咪，我沒說錯吧！」男的向女的說：「來到人間，一定要到林先生這裏做客，他不但弄東西吃一流，為人都很豁達，慣了之後就不會怕我們的。」

其餘那三個都點頭同意。

林大洋還有點擔心，直接地問：「你們會逗留多久？」

「坐一下就走。」男的說：「我欣賞你的坦白。」

開朗的個性令林大洋擁有眾多的朋友，和鬼談天，是多麼難得的一個機會，豈能放過？

「你們請坐一會兒。」林大洋說完衝進廚房，把家裏所有吃的喝的東西都搬出來招呼客人。他又想燒幾個菜，但是不到菜市場去材料又不夠。

忽然，蒜頭嘣的一聲跳了出來，魚、蝦、蟹跟着不斷地出現，整個廚房充滿各種肉和蔬菜，都非常的新鮮。

「不會是香或蠟燭之類變出來的吧？」林大洋打趣地問。

男的正色地：「那些東西是在陰間才吃的，來到這裏當然吃人間美味。而且，要吃就一齊吃，我們怎會讓你一個人吃得消化不良。」

「是呀，是呀。」女的說：「您要甚麼材料儘管吩咐好了，馬上可以給你變出來。我們只是不會燒而已。」

林大洋一面做準備一面和鬼聊天，發現他們的知識可真豐富，天南地北，任何話題都能搭上，而且見解很獨特，和自己的想法完全吻合。

客廳傳來小鬼的笑聲，林大洋走出去看。

小鬼們從書架上拿了一本很厚的美女寫真集，翻到中頁，女郎裸着雙乳，男小鬼一施法術，乳首像兩顆眼睛一樣東張西望地轉動，女小鬼給她哥哥惹笑得彎腰，林大洋差點笑得倒地。

「小孩子不許看那些東西！」女鬼說。

「有甚麼要緊呢，媽咪？」男鬼說：「他們看不懂的，要是看得懂，他們已經是大人。大人的話，甚麼東西都有資格看。」

「說得也是。」女鬼贊同，由着小鬼們去撒野。

「你們做鬼的，道德觀念和做人完全不同。」林大洋說。

「道德是你們才會想得出來的。」男鬼說：「要是學你們做人做得那麼辛苦，做鬼就做得沒有意思了。」

林大洋點頭。

菜做好了，一家大小幫着忙，搬到飯廳去吃。

門打開，是林大洋的菲律賓家政助理星期天放完假回來，看見碗碟滿天飛，啊，她尖叫一聲，落荒而逃。

「俗氣的人是看不到我們的。」男鬼解釋。

酒醉飯飽之後，大家有點倦意，小鬼們也昏昏欲睡。

「就在我這裏過夜吧。」林大洋說：「還有兩三個房間，夠大家住的。」

「謝謝。」男鬼感動：「沒有多少人肯讓陌生人在家過夜。像你這種熱情的人，才有資格做人。」

「我們還是住殯儀館比較舒服。」女鬼說：「不打擾您了。」

說完，一家人的影子依依不捨地逐漸淡化，直到看不見為止，林大洋還感覺到兩個小鬼，在他面頰的各一邊送上一個吻，林大洋有點惆悵。

門鈴又響。

一個穿着旅行裝束的少女不請自來穿過牆壁走進他的屋子。

「爸爸媽媽他們呢？」少女問。

「妳……妳是？」林大洋驚訝。

「我是大女兒，也是鬼。」她大方地說。

「他們剛走。」林大洋說：「你到殯儀館去找他們吧。」

「現在是甚麼年代了，誰要住那些冷冰冰的地方？」少女說：「你讓我在這裏過夜吧。」少女說完把衣服脫光走進浴室，那梨狀形的乳房，驕傲地挺着。

「不怕被你們的鬼同學說妳很隨便嗎？」林大洋問。

「要是學你們做人做得那麼辛苦，做鬼就沒有意思了。」少女模仿她爸爸的口吻，說完投入大洋的懷抱：「今晚，我是來替爸爸媽媽報恩的。」

嬌娜

林大洋收到一封電報。

在這個年代，不是長途電話，便是傳真，為甚麼還有人用電報的呢？打開一看，寥寥數字：「家中有難，是否可以再次相救。嬌娜。」

是從前南斯拉夫，現在的波斯尼亞打來的。

嬌娜，多麼地親切。林大洋最初聽到這個名字，想起《聊齋》中有一篇故事，女主角也叫嬌娜，不同的是對方是個西洋美人。

十年前，當大洋在南斯拉夫旅行時，遇到一個文藝青年格克烈，兩人相談甚歡，喝了一晚酒。格克烈把林大洋帶回家，讓他過夜。

南斯拉夫人喝酒，是向酒保一呎一呎地要的。用杏子提煉出來的烈酒斯諾維沙，帶甜，但酒精濃度有五十三巴仙，倒入小玻璃樽，一樽樽地排列，成為一呎。一呎酒，有十二三樽，每樽有兩品特的份量，一喝便要把那一呎酒連續喝光為止。林大洋的酒量再好，喝了幾呎酒之後也醉得不省人事。

迷糊之中，他聽到格克烈説：「喂，嬌娜，妳替他打點。」

林大洋聞到一陣少女的香味，吃力地睜開眼一看，是個十三四歲的女孩子，長得天使般地純潔、美麗。但酒精已把他的頭弄得天旋地轉，肚子中的東西完全地湧了出來，一次又一次地嘔吐。

只感覺到嬌娜溫柔地替他脱了衣服，用熱毛巾為他把穢物擦個乾淨，把他扶起換床單的時候堅挺的乳房壓着他的面頰，林大洋希望長醉不醒，永遠迷醉在她的懷抱。

太陽刺眼，林大洋想爬起身，但還是虛脱地躺下，他曾經醉過，但想不到這次這麼厲害。

微笑的少女在他眼前出現：「醫生就快來了。」

「甚麼醫生？」林大洋掙扎：「喝醉罷了，我不必看醫生。」

「你別動。」嬌娜把他按下，林大洋又昏睡了過去。

再張開眼睛看天花板的時候，他聽到一個男人的聲音：「胃出了血，長期疲勞的結果。還沒有嚴重到要送醫院，妳讓他躺幾天。」

醫生說完走了，嬌娜走過來撫摸林大洋的額頭，扶起他，讓他吃藥。

「格克烈呢？」林大洋微弱地問。

「公安部把他叫去，不知道有甚麼事。」嬌娜說。

有人敲門，嬌娜走出房間。

林大洋又昏昏欲睡，但聽到客廳的爭吵聲，是個男的在向嬌娜討錢，後來又傳出砰砰碰碰的聲音，大洋勉強地下了床，走到客廳去看個究竟。

只見一個男人壓着嬌娜，拉上她的裙子，向她粗暴地說：「用妳的身體還呀。」

「住手！」林大洋喝止。

那男的沒有想到會有個東方人出現，也吃了一驚，嬌娜即刻整理衣服，躲在大洋的身後。

「欠多少？」林大洋問。

那男的講出一個天文數字，林大洋心算南斯拉夫幣典那對美金，也不過是一千多塊，回房去拿出錢包，把一卷鈔票交給他。

「滾出去！」林大洋大聲地命令。

那人悻然地走了，林大洋腳一軟，嬌娜扶個正着，帶他回床。

「嬌娜告訴了我。」格克烈回家後向大洋說：「你儘管在這裏休息，我們的家，就是你的家。」

「你還沒講給我聽，嬌娜和你的關係？」大洋問。

「我妹妹。」格克烈開朗地說。

幾天之後，林大洋恢復了食慾和性慾。

「南斯拉夫的法律，沒有一條禁止與未成年少女發生關係的。」格克烈向大洋說：「嬌娜的身體，已是大人。」

「謝謝你。」大洋做不出。

兩兄妹陪林大洋到各地名勝玩了一個星期，臨回香港時，格克烈擁抱着他：「我們南斯拉夫人，有恩必報。」

「中國人也是。」大洋回答。

十年前的事，像是昨日，林大洋拿着這封電報，去還是不去呢？本來當晚就要乘機到紐約再轉環航八〇〇次班機飛巴黎，去和廠家開會的，他決定吩咐秘書取消，改搭德航到法蘭克福轉機到扎爾格列去見他們兄妹。

從機場乘的士直奔嬌娜的家，只見一片被轟炸過的殘缺樓宇。地址明明是對的。

一個路過的老人被大洋抓着：「這家人呢？」

「清洗回教徒時都被殺死了。」老頭說。

林大洋無奈。天已黑，先找間酒店過一夜，明天再找吧，他告訴自己：嬌娜打電報來，她還活着。

洗完澡，擦乾頭髮時順便打開電視，剛好播着 CNN 新聞：「……從紐約起飛的環航八〇〇次班機，在長島外海神秘爆炸墜毀，全機一百五十名乘客，無一生還。懷疑遭到恐怖分子的破壞，至今尚未有任何組織聲稱與此次的行動有關，美國政府和國際刑警正在調查此案……」

電視出現了打撈飛機殘骸的畫面。

林大洋閉上眼睛，祈求格克烈和嬌娜的靈魂安息。

鬼新娘

林大洋到老了還沒結婚，身邊那麼多女朋友，逍遙快活。

這都是因為在三十多年前，他認識了一個少女。

她長得很美。但是林大洋看出她小家氣，不夠大方，並非他喜歡的那類型。

不過，不管林大洋喜歡不喜歡，那少女自動獻身地把他給纏住了。

林大洋覺得有點煩了，有一天他一個人出席法國佳釀的試酒會，正在和別人談得興高采烈時，他感覺到身後站着一個人，一轉頭，少女出現。

「妳怎麼跑來的？」大洋驚訝。

「老實告訴你吧，」少女說：「我不是人，是鬼。」

「胡說八道，這世界上哪有鬼的？」大洋不管她，跑去和洋妞們搭訕，過一會兒他周圍一看，不見少女，才放心地忘了。

肚子餓了，林大洋去一家相熟的壽司舖叫了樽清酒，慢慢喝着，這孤獨的滋味，是種享受。

忽然，就在他的身邊，就在他的眼前，像聽到嚐的一聲，少女跳了出來。

「哈哈哈哈。」她笑得彎腰：「現在，你才相信我是鬼了吧？」

林大洋嚇得冷汗直標。

不過，他想：「我連手也沒有碰過她一下，不算是做過甚麼對不起她的事。有甚麼好怕的？」

這麼一來，態度也釋然了。

櫃枱後的大師傅走過來：「還要些甚麼？」

「你們有沒有大蒜？」林大洋問。

師傅說：「壽司是不用大蒜的，不過我替你到鐵板燒部去拿。」

不到幾分鐘，大蒜拿來，林大洋整顆整顆地吞了幾粒，大力嚼噬。

「哈哈哈哈。」少女又笑：「我們的西洋吸血兄弟才怕的，我是中國鬼，這種東西哪嚇得到我？我原籍山東，生前才愛吃它呢。」

「狗血呢？用狗血淋她一定怕吧？但是要用黑狗的呀，去哪裏找一隻全黑的狗呢？而且，狗血那麼髒！」想到這裏，大洋有點嘔心：「別說鬼，我都怕。」

「說甚麼，我都不會離開你了。」少女說：「別被那些殭屍騙了，我們做了鬼，還有甚麼東西不能忍受的？」

「早上上班呢？」林大洋即刻反應。

「我也跟你到公司去呀。」少女說：「現代鬼，太陽也不怕。」

「這不行呀！妳老是在我身邊，我甚麼事都不用做了！」大洋大喊。

旁邊的客人都轉頭來看他。

「噓！」少女說：「別那麼大聲，鬼沒嚇人，倒給你做人的嚇死了。」

大洋氣得不知道做甚麼才好。

少女說：「你甚麼都不必做，只要愛我就夠了。」

大洋無奈地：「妳到底講不講理的？」

「這點你可放心。」少女嚴肅起來：「我們做鬼的還是有原則的，比你們做人認真。」

「答應的事一定做到？」大洋問。

少女學童子軍舉起三隻手指做發誓狀：「答應的，一定做到。」

大洋說：「妳們的洋親戚有個說法，遇到了妳們，有三個願望可以實現的，有沒有這一回兒事？」

少女點頭，但眼睛一轉，機靈地說：「不過不准你要求說不要我！」

「一言為定！」大洋和少女用尾指相勾。

「你有甚麼願望。說吧！」少女等着。

「我不要三個，一個就夠了。」

「你這個人不貪心，愛死你了。你說出來，一定實現，絕不反悔。」少女大樂。

「等想到了才告訴妳。」大洋說。

「行。」少女笑得開心，消失了。

大洋嘆了一口氣，付賬回家。

一進到客廳，大洋又嚇得一跳。張燈結綵，大鑼大鼓喧嘩，一群鬼親戚都來祝賀，少女穿着紅色的新娘衣服，含羞答答地坐着等他。

「這……這是幹甚麼？」大洋口吃地。

「我答應了你，你也答應我呀！」少女說。

「我沒答應過要娶妳的！」大洋叫了出來。

「一個願望換一個願望，這是我的願望。」

「好吧。」大洋下了決心：「我也不後悔！」

「那麼我們拜堂吧！」少女拉着他。

「我還沒說出我的願望呢！」大洋說：「我要妳做我的第二個妻子。」

「甚麼？」少女大驚：「你還沒有娶老婆的呀！」

大洋笑了。

少女幽怨地望着他：「好，我等你。」

一切轉為平靜，只剩大洋一個人，這種孤獨的滋味，是種享受。

林大洋到老了，還沒有結婚，身邊那麼多女朋友，逍遙快活。

黑衣少女

林大洋搬到新居，在他每天上班時，都要經過天主教墳場。他總得望望那句：「今夕吾軀歸故土，他朝君體也相同」大門外的對聯，覺得很有意思，甚至有點黑色幽默。

為人豁達，他毫不介意不吉祥的東西，像他看到了人家出殯，朋友驚叫：「大吉利是。」林大洋卻說：「棺材有甚麼可怕的？見材見財，你們今晚和我打麻將的話，我一定贏。」

甚至，他還喜歡到墳場去做晨運，那裏的樹木花草長得特別的茂盛。是不是因為屍體化成了肥料呢？他想。

今天，林大洋又一早起身，向墳場走去。

仔細看碑石上的刻字，他發現有些墓誌銘特別有趣。「快樂、快樂」，一塊墓碑上寫着。

「有空的時候，來找我聊天。」另一塊寫着。

林大洋想起貝多芬的墓誌銘：「在天上，我會聽得到。」笑了出來，笑得很開心。

一陣銀鈴一樣的笑聲，從他後面傳來，林大洋驟然轉身，看到一個全身漆黑的女子。

世界上再也沒有甚麼東西比她的眼睛更黑了。圍繞着的睫毛也一樣地黑，絕對是自然的，不添加化妝品的。長髮披肩，只有嘴巴是粉紅色。

林大洋一生人之中看過不少美女，在這一刻，他發現她是無敵的。

「你死後，會在墳墓上寫些甚麼？」她低沉的聲線帶着磁性。

林大洋回答：「我想我會這麼寫：我學會了怎麼活；這個時候，我應該知道怎麼死。」

「説得好。」少女讚揚。

「一塊兒走走？」大洋提出。

少女大方地答應：「好。」

兩人向前走去。

「這裏全是死人，你不怕？」少女問。

「怕甚麼？」

「鬼呀！」她說。

「大白天的，哪有甚麼鬼？」

「真的鬼，白天晚上都出來的。」女子笑着說。

大洋也笑了：「妳怎會知道？」

「我當然知道。」少女說：「我就是鬼。」

林大洋停了下來，望着她：「要是妳是鬼，我怕的應該是人。」

「說得對。」少女開朗地：「鬼不一定是恐怖的。鬼的怨恨，產生在人性的陰毒，那是你們的內疚演化出來的東西。」

「人死後真的會變鬼嗎？」大洋半開玩笑地問。

少女點頭：「對活着的東西有依戀，就會變鬼的。」

「那妳依戀的是甚麼？」大洋問。

臉上泛出了羞澀，黑衣女子沒有回答他。

「妳怎麼變成鬼的？」大洋還是不肯相信。

「好多年前，旭龢道山崩，屋子倒塌，我被活埋的。」

姑且聽之，這個少女真會騙人。林大洋想。

「我沒騙你，我也沒必要騙你。」少女好像聽得到大洋的心聲。

轉個話題，少女問：「你來這裏，有甚麼目的？」

「沒目的，散散步罷了。」林大洋說：「遇到墳墓，我就拜祭。」

「你拜祭誰？」少女問。

「我父親。」林大洋說：「他三年前過世，我始終忘不了他老人家。」

「他沒葬在這裏呀！」少女說：「怎麼可以拜祭？」

「墓石上只是另外一個名字。」林大洋說：「人在你心上，甚麼墳墓都一樣。」

「你的想法真特別，像你父親。」少女說。

「妳認識他？」

「我們在上面碰見，他講了很多故事給我聽，教會我很多東西，又常提到你。」少女說。

林大洋有點生氣，認為這個女子的玩笑開得太大了。他毫不客氣地伸出手去攬住少女的腰，「鬼是摸不到的，但是為甚麼妳會發抖？」

少女喘着氣：「我也不知道，你帶我回你家吧。」

林大洋把她推到床上，脱去她的衣服。

兩人纏綿，不知時間的流逝。

高潮時，少女呼叫：「我要死了，我要死了。」

大洋忽然笑了起來。

「你這麼笑，對對方是不尊敬的。」少女氣惱地說。

「對不起，對不起。」大洋道歉：「但是，妳不是已經死過了嗎？」

少女也笑了起來，兩人重新擁抱。

忽然，她的影子越來越薄，直到在大洋的眼前完全消失為止，這時大洋也驚訝。

「答應我，今後看到墳墓，也想一想我。」他好像聽到少女的呼喚：「千萬別悲哀，你父親也是這麼説的。」

林大洋點頭，想抱着枕頭哭，但是沒哭出來，淡然地微笑。

畫皮新傳

大洋有空的時候就畫畫。

年輕時，他學過的。出來做事之後，已沒閒情，現在能放下一切，有甚麼比畫畫更好？

畫具越添越多，林大洋有點購物狂，沒有用到的也買下來。水彩、粉彩、油畫的顏色，他都要買最好的。中國畫的顏料，他學張大千，購入翡翠粉末來畫青山，奢侈得很，但他有足夠的錢浪費。

畫來畫去，林大洋還是喜歡白描，他望着花園中那棵枯藤，用毛筆沾了墨，一筆筆勾出樹枝的線條，一根搭一根地，越畫越細，像人類頭腦的神經，錯綜複雜，但是在林大洋筆下，卻是有條不紊地有前有後，顯出立體的感覺。

那些五顏六色的畫材，他根本沒有去碰到。

傍晚，林大洋戶外寫生散步回家。路邊，他遇到一個神情迷惘的少女，不知所措地徘徊。

「妳想找幾號的人家？」林大洋斷定她失去方向。

「我……我……」少女長嘆一聲：「我從加拿大回來，剛下飛機坐的士來找我的親戚，想不到下車時把錢包和護照都留在車上。來到這裏，親戚又搬走了，真不知道要到哪裏去好。」

「這樣吧。」林大洋說：「我就住在前面，妳先來休息一下，我再替妳打電話到警察局去。」

少女開朗地笑了。

林大洋認為空間是最重要的，與其把一個小房當成畫室，為甚麼不在最大的客廳作畫呢？少女一進來，看到那麼多的畫具，眼睛一亮。

「哇！」她說：「你也畫畫的？」

大洋點頭，沏了一壺最好的普洱茶請客：「也字是甚麼意思？難道妳和我一樣喜歡？」

「唔。」少女大力點頭：「我是個美術學生。」

兩人一面喝茶一面聊起畫來，從米洛斯島的維納斯開始，到羅馬時代奧古斯都大帝像，基督教的長方形大會堂，哥德式建築，文藝復興三傑達文西、米開安基羅和拉斐爾，以及倫勃朗、雷諾、梵谷和畢加索。中國藝術的《早春圖》，是兩人共同喜愛的山水。

太陽已下山，報警的電話也忘記打了。

「你可以讓我在這裏過一夜嗎？」少女問。

林大洋享受孤獨和寂寞，但是有志同道合的伴侶，他是不會反對的。

「妳要不要先洗個澡？」他問。

「我想先向你要一些顏料。」少女說。

真想不到她作畫的興趣是那麼濃，林大洋攤開手：「妳隨便拿好了。」

少女開心地捧了一大堆進房去。

林大洋繼續畫他的畫，過了不知多久，已見晨曦，少女走了出來。

她一身赤裸，高瘦的體型，梨狀挺立的胸部，乳首是粉紅色的。修長的大腿，稀少的毛髮，完美的年輕氣息，臉部更是一次看比一次更美麗。

林大洋呆住了。

少女很自然大方地走近，把頭靠住了大洋的肩膀。

從此兩人每天畫畫、喝酒，大魚大肉地放懷美食、遊山玩水，到美術商店去買更多的顏料。

到了晚上，少女又捧一堆畫材躲進房中，黎明才出來，和大洋一起多次高潮。奇怪的是，大洋的作品越積越多，但是少女的畫一張也不見。

「妳到底畫些甚麼？給我看看！」林大洋雖然知道門沒上鎖，但還是很紳士地敲門，要求她的同意。

「請你不要進來。」少女哀求。

大洋不依，再次敲門。

「老實告訴你吧。」少女冷冷說：「我不是人，我是鬼，我在畫皮。」

全身顫抖，林大洋不相信自己聽到的話，還是堅持地：「讓……讓我進來看看。」

「好吧。」少女無奈地回答：「你別怕，我不會傷害你的。」

一個惡鬼，生得臉色青綠，牙齒如鋸，床上放有一張美女皮的形象出現在大洋的腦中。

但當他打開門，看到的只是一位身體成熟得透頂的女子，胸部脹大，坐着時要仔細看才會發覺有點肚腩的身體。

少女很快地把皮披上，恢復她的青春，慘淡地微笑：「你……你還愛我？」

大洋憐惜地望着她，見到那蒼白的臉色：「妳這麼不休不眠地畫畫，長久下來，也不是辦法呀。」

「我快要離開你了。」少女說：「你抱緊我。」

大洋昏昏睡去，醒來，只見潔白的床單上，留下一小灘乾了的愛液，少女再也無影無蹤。

幾個月後。

電話響，林大洋接聽，是少女的聲音。

大洋大喜：「妳現在在哪裏？妳好嗎？」

「好萊塢。」少女說：「一切都好。」

嘻的一聲，大洋笑了出來：「去當明星了？」

「不。」少女正經地：「我在工廠做事。」

「甚麼工廠？」大洋問。

少女笑着回答：「Max Factor。」

乾玫瑰

飛機在高空上，從窗口望出去，林大洋看到雲層的影子投在海面上，像一個個的小島。

閉着眼睛小憩一會兒。林大洋的頸項發熱，像有人注視着他，驟然回頭，他看到一位很清秀的少女，氣質非凡，但臉色蒼白。

少女的嘴角淌着似血的東西，大概是進食時染到的果醬，少女很快地用餐巾抹去，她也注意到林大洋在望她，似笑非笑地禮貌上點一點頭。

咦，樣子怎麼那麼熟，在哪裏見過？少女長得有點像吳倩蓮，就叫她吳倩蓮吧。

「別再拈花惹草了。」大洋告訴自己。

他很年輕就事業有成，多少美女在身邊擦過。現在已近四十，有點倦意，西洋女友在等他，大洋想起他們在床上，她擺動着的腰，是那麼地細。大洋已連灌了數杯不摻水或加冰的純麥威士忌，昏昏欲睡，不像以往，遇漂亮的女人便上前搭訕，這個吳倩蓮，算了吧。

飛機誤點，抵達時已經深夜，林大洋拖着輕便的行李，出了機場，等待的士。前面有個女人的背影，她身邊的一箱箱長方形行李，是早期郵船乘客用的路易·維登。衣服放在箱中，永不會有皺紋。這種箱子已是收藏者夢寐以求的，怎麼當成粗物來用。

忽然，女子面前出現了三四個惡少，輕浮地調戲着她，其中一個還用力地把她的箱子踢翻，其他的圍着她，伸出魔掌。路人一個個怕事當成看不見走開，林大洋感覺到身上血液的沸騰，豁了出去，一個箭步衝上前，推開惡少，接着的場面很混亂。林大洋自幼習武，很準確地踢中了對方的下陰，待他彎腰時再以手刀劈其後頸，另一個被大洋的手掌打瞎了眼睛，再折斷其腕骨，其他兩個用鐵鍊往大洋身後偷襲，大洋倒了下去，惡少們拉起同伴，逃之夭夭。

一輛黑色的六門大房車停下，女子抱着大洋，將他扶進車中。

「對不起，小姐，我來遲了，讓您受驚。」身材魁梧的司機道歉：「我們去哪裏？」

「回家。」吳倩蓮說。

「不，我……我要去酒店。」林大洋微弱地抗議。

吳倩蓮溫柔地撫摸着他：「聽話，先到我那裏，包紮了傷口，才送你回去。」說完，吳倩蓮打開車箱桃木櫃子，取出三十年的麥卡倫純麥威士忌。喝就喝，大洋想，又大喝數口，睡去。

一陣強烈的枯竭味道，將林大洋喚醒。

睜開眼睛，黑暗中，林大洋發現自己躺在黑天鵝絨的床單上，整間房間的牆壁上，插滿一枝枝的乾枯多年的玫瑰花，數目之多，是驚人的。

像悲鳴般地咿的一聲長響，門打開，背着房外的燈光，吳倩蓮站在那裏，她身上穿着一件白絲綢的睡袍，豐滿的身體，在飛機上以為很瘦，現在才知道攝人魂魄。

「大洋，我等了你那麼多年，你到底回到我的身邊。」吳倩蓮低聲傾訴。

「妳……妳是甚麼人……」林大洋擠不出話來。

「你怎麼可能忘記我？」吳倩蓮幽然地：「我們在金字塔相遇，我給你的時候，才十五歲。你叫我不要怕，你還說過一生一世會待我好的，這千朵玫瑰，都是你送的。」

「我……我……」林大洋搜盡腦筋，也想不起。

吳倩蓮走過來，輕輕地抱着林大洋的頭，接着把睡袍拉開，露出胸膛。

「你會想起的，你看，這個地方，是你第一次吻我。」

吳倩蓮的乳房上，有一朵鮮紅的玫瑰花，是紋身刺上的。但是周圍的皮膚，並不是預想中的光滑，仔細地看，已起了皺紋。那頭黑色長髮，根部發白。

「還有這裏，還有那裏。」吳倩蓮脱光衣服一一指着。

天！林大洋看到她的全身都紋着玫瑰。

「不！」林大洋大力地把她推開。

「唉依，唉依，唉依，唉依，唉依——」吳倩蓮連聲慘叫：「愛我，抱我！」

管家和司機幾條大漢衝進來，拉起林大洋痛毆。

林大洋不顧性命反抗，像一隻發狂的野獸，終於推開了他們，往外面跑。

門口，在機場的那群惡少等待着他。

作困獸戰的大洋，到最後筋疲力盡，任由他們打，已不能回手。

不知道過了多久，林大洋掙扎起身，一直往機場的方向跑去。

好。

終於，他衝進閘口，僥幸地搭乘最後的一班飛機。早一分一秒離開此地，早

飛機在高空上，從窗口望出去，林大洋看到雲層的影子投在海面上，像一個個的小島。

閉着眼睛小憩一會兒，林大洋的頸項發熱，像有人注視着他，驟然回頭，他看到一位很清秀的少女，氣質非凡，但臉色蒼白。

是吳倩蓮！她的嘴角淌着似血的東西，向他微笑……

小宇

陣陣小雨，下個不停。林大洋最愛雨的了。他隨便拿了一張報紙遮住頭，四處亂走。

「讓它來為你擋一擋吧。」一個女人的聲音傳來。

林大洋驟然轉身，見一把雨傘，但看不到人影撐住。

鬼！是他即刻的反應。近來電視台的節目，常有女鬼藏在雨傘中的情節。

但是這世界上哪有鬼這種東西？林大洋不相信，伸手去抱雨傘下面的空間，當然甚麼也捕捉不到。

「是我呀。」笑聲不絕。

臉上，身上，打的是雨點。林大洋抬頭望，像絲綢一般的細雨迎頭而下。

大洋大驚：「妳……妳是雨鬼。」

「別鬼鬼聲地亂叫好不好？」只聽到聲音說：「為甚麼不即刻想到是仙

呢？」

一想也是，林大洋笑了出來，為人豁達，怎麼現在變成那麼小家氣？

「我從來沒見過雨鬼的，妳走出來給我看看！」大洋說。

「好。」鈴聲地答應。

頭上那數千數萬條的雨線，像龍捲風那麼繞在一起，慢慢降下，捲完又捲，成為一條大水柱，水柱在凹凸，漸形成人樣，變成一位可愛的少女。

「我叫小宇。」少女說完伸出手來。

林大洋也伸出一握，連骨頭也沒有，柔軟無比。

「那麼多人你不去找，為甚麼偏偏要來找我？」林大洋已經一點也不怕了。

「我從來沒有看過一個人那麼愛雨的。」小宇說：「一直有個心願，想知道你內心想些甚麼？」

「不是所有雨都喜歡。」大洋說：「暴雨成災的，害那麼多人。」

「那是我表哥大宇！」小宇說：「我們也不愛和他在一起。我們這群姐妹，有些叫微宇、細雪，都很溫柔。」

「現在妳看到我了，印象如何？」大洋問。

小宇一邊和大洋並肩而行，一邊說：「還不錯，你對我的感覺呢？」

「我喜歡妳。」大洋坦白說：「我很想抱抱妳。」

「你就抱吧。」小宇欣然地攬住大洋的腰。

大洋旁若無人地摸她的胸部，那麼地細小，又有那麼多的實感，堅挺連着反應。

咭，小宇感到一陣癢，笑了出來。

呼吸有點急促，大洋在小宇耳邊說：「給我。」

小宇一陣悲傷：「不，我不能和你做愛，別忘記，我是水做的。」

大洋把她抱得更緊：「為甚麼水做的，就不能愛？」

「除非……除非……」小宇說。

「除非甚麼？」大洋追問。

「除非你也化成了水，像江河，像大海，那麼我們就可以溶合在一起。」小宇說。

活生生的人，怎麼化成水？大洋暗問自己，即刻出現了一個字：死！

忽然，天空佈滿烏雲，行雷閃電，雨點越來越大，已經像瀑布一般瀉下。

哈哈哈哈，林大洋聽到狂笑。

「不好了。」小宇說：「我表哥來了，你快逃吧！」

大洋哪裏肯依，拼命抱着，但小宇的身體已經漸漸地單薄。

「小宇！小宇！」大洋大聲地呼喚。

但是小宇已經無影無蹤。

大雨沖下，大洋估計不到雨水的力量，是那麼地強烈。地下的泥土像已裂開，大洋站不穩，一下子跌倒，被水沖進了池塘。

大雨淋下，像要把林大洋的頭按進水中，把他淹死，大洋拼命掙扎。

「放鬆，放鬆。」他聽到小宇的聲音：「如果你真正愛我的話，放鬆。」

是的，這一生人，活到現在，應該沒有甚麼遺憾了，山珍海味也嚐過，醇酒更是一而再地享受，世界上各個角落已經遊覽，要是走，也應該走得瀟灑，而且，這麼一走，又可以進入美女的懷抱。

想到這裏，大洋微笑，隨波逐流。

大雨驟然停止，大洋聽到一個男子的聲音：「你這麼大膽的人，我沒見過，服了你了。」

又如龍捲風繞在一起，一個很英俊的大漢出現，把大洋扶了上岸。

「你是大宇？」大洋問。

「唔，我只是個自然現象，別怪我。」大宇伸出手：「做個朋友？」

大洋一把把大宇抱着。

「喂，你沒有同性戀傾向吧？」大宇問。

大洋搖頭，笑了出來。

大宇悄悄地告訴他：「我這個表妹不錯，你好好照顧她。她有一個姐姐叫陽光，和你的個性更接近，有空叫小宇介紹給你。」

藍眼少女

林大洋趕到紐奧良的時候，一年一度的嘉年華會剛好完畢。無奈，他到街上散步。

法國式的建築，令他感到不是在美國，所吃的卻臣菜，有很多大蒜和內臟，甚至很辣，和漢堡包飲食文化完全不同。

天氣很熱，吃過晚飯後，林大洋額上滲出了微汗，他挽住麻質的白色西裝，在街上散步，聽黑人的怨曲。

一個少女迎面而來。

林大洋從來沒有看過這麼特別的少女，她的面孔不像西方人，又不是東方，是否有點印度血統，他也看不出來。

頎長的身材，輕飄的步伐，穿的並非名牌，但顏色的調配高超，當她望過來時，那深藍的眼睛像無底的湖泊，林大洋的魂魄被吸引住了。

「我如果不認識妳，一生會後悔。」林大洋說。

少女向他微笑，像在謝謝他的善意，走遠。

林大洋感到一陣失落，但他並沒有因為少女回絕了他而羞恥，因為這是他心中的話。

少女好像聽到，停步，回過頭來：「不認識你的話，我以為人生也會有損失。」

小酒吧中，林大洋對藍眼少女感到一次又一次的驚訝，他到過的地方，她也曾遊歷。說電影、文學，她都搭得上話題，波奔酒一杯一杯地乾了，卻沒有醉意。

夜深了，酒吧打烊，林大洋把她帶回旅館，她並沒拒絕。

繼續不斷地聊下去，少女大方地說：「太熱了，我用你的浴缸洗個澡。」

當她披着毛巾浴袍走出來時，林大洋掀開被單，讓她躺下去。

「被人擁抱的感覺是多麼美好的一件事。」她輕嘆：「我已經好久沒這麼舒服的感覺。」

林大洋吻着她身上每一吋的肌膚。少女劇烈地反應。

「我沒有做好安全準備。」林大洋在她耳旁細語：「我們下次再來吧，當是我對妳的尊重。」

藍眼少女感激地把林大洋抱得更緊，兩人昏昏地睡着。醒來，林大洋搓着空枕，少女已經無影無蹤。他才想起沒有問過她的名字，也不知道她住在甚麼地方，怎麼再找到她呢？

敲門聲，打開，是她！林大洋大喜。

少女衝進房，手上大包小包地。打開來，是炸蝦、辣椒魷魚、鹽燒塘虱等等，一頓很豐富的早餐。

又從另一個紙袋內拉出串東西，林大洋一看，是三個保險套。

「夠不夠？」藍眼少女頑皮地。

大洋笑了。

「先吃？」她問：「還是先做？」

大洋一把擁抱着她，兩人纏綿，重複地高潮。

事後，飢火大作。

少女邊啃着雞腿邊問：「你告訴過我，你喜歡嘉年華會，但是你沒有說為甚麼？」

「年輕的時候，我愛過一個女人，一個很美麗的女人。」林大洋說。

「比我漂亮？」少女以半開玩笑的口吻說。

沒有答案，但也不能騙人，林大洋點頭。

少女並不生氣：「這和你喜歡嘉年華有甚麼關係？」

林大洋回憶：「我們同居了三年，她個性開朗，很愛笑，她說我們在一起，只准快樂。我答應帶她到巴西、威尼斯、巴塞隆納，凡是有大型嘉年華會的地方，都要和她一起去。」

「後來呢？」

「後來沒有去成，她生了病，離開了我。」說到這裏，林大洋嗚咽。

少女同情地摸着他的頭髮。

「她死後，我拿着她的骨灰，每到一個嘉年華，我就替她撒開，到現在，只剩下最後這一把了。」林大洋打開錦囊，給她看。

藍眼少女感動，淌下眼淚：「今年的嘉年華，你趕不上，不過我會送一個給你。」

大洋不知道她說些甚麼，不管三七二十一地抱着她，再來一次，兩人一天沒出過房門。

黎明，少女向大洋說：「你等我，我出去一下，很快回來。」

大洋想她一定又去補足配給，點點頭。

已經到了下午，不見藍眼少女的影子。晚上，一整夜，還是等待，林大洋開始惆悵。

天又亮了，爵士音樂大作，林大洋打開窗，看見整隊的黑人樂隊一邊走着一邊演奏，路人也手舞足蹈，跟着音樂跳躍。

林大洋穿好衣服，下街去。慢慢地，他追隨音樂的節拍，和眾人歡舞，撒出最後一把骨灰。

穿過黑人樂隊，林大洋看到一輛載着靈柩的大車，棺木上擺着一張照片，他認識這個人，是那藍眼睛的少女。

三女吧

林大洋抵達東京時，夜已深，但還是那麼炎熱。

入住帝國酒店，獨自躺在床上，感到無聊。口很乾，本來可以在房間的小冰箱拿一瓶麒麟來解渴，覺得一個人喝酒沒意思，便往外跑。

銀座的小巷中，掛着數千個酒吧的招牌，去哪一家好呢？林大洋一直走，好像不知道時間的溜過，終於來到一個很偏僻的地方，寫着：「三女吧。」

推開門，即刻有三把女人的聲音歡迎他。酒吧內，只有林大洋一個客人。

領頭的女子三十五六歲，成熟得像要從樹上掉下的蜜桃。身後兩個十六七少女，青春氣息逼人。長得一模一樣，絕對是孿生。三個都是絕世佳人。

「她們是我親生的。」媽媽證實，怪不得很像。

「怎麼看也看不出妳能生得出。」林大洋長年在海外旅行，各種語言都能應付。

媽媽像銀鈴一般地笑了，向雙生女兒說：「傻丫頭，還不快點招呼！」

嗨的一聲，一個去倒酒，一個躲在櫃台後做送酒的小吃，林大洋打開話匣子：「媽媽帶着女兒陪酒，倒是少見。」

「孩子的爸跟着一個酒吧女子私奔了。」媽媽說：「我們本來恨死賣酒的女人，但是在家裏無聊，那兩個小鬼又不肯讀大學，出來做這種生意，是唯一的辦法。做做，也覺得很好玩，尤其是遇到你這種客人。」

高帽一戴，誰都樂了，林大洋覺得那杯威士忌很順喉。普通酒吧送酒的，多是甚麼花生和魷魚絲之類的東西，這個女兒做的是酒蒸比目魚裙邊、豆腐皮包餃子等等，精美得不得了，烹調手藝不遜餐廳大師傅。

酒一杯杯地喝下去，大女兒叫銀子，小的叫杏子。仔細地看，發覺前者左眼角有顆痣；而後者剛好相反，痣長在右邊。

銀子在大洋的耳旁說：「媽媽近來的酒力有限，多了會亂性，別再讓她喝。」

杏子也說：「她妒忌心很強，還是小心一點好。」

媽媽在櫃台後調酒，叫了出來：「妳們這兩個小鬼別老在我後面說壞話。」

把酒捧過來，四人在沙發上聊天，話題從日本的房地產、股票談到文學、電影，媽媽的學識是那麼豐富，更多稀罕的是兩個女兒也搭得上，意見獨特，品味極高。

「今天喝得痛快，不做生意了。」一說完，杏子從沙發中跳了起來，把門鎖上。

媽媽拿出樂器，銀子小提琴，杏子豎琴，她自己吹笛，來首古典音樂三重奏，再轉入輕鬆的流行歌、貓王、披頭四，一首又一首。

林大洋興奮之餘，有點累了，他看看錶，三枝針都停頓。奇怪，這個名廠的產品，從來沒出過問題的。

忽然，他酒意全消。

從鏡子中的反映，林大洋看到自己一個人在喝酒，旁邊那母女三人，照不到影子。

林大洋毛骨悚然：「妳——妳們……妳們是……」

杏子說：「你猜得對了，我們不是人。」

「但是，我們也會寂寞的呀。」銀子說。

「來，我們繼續喝。」媽媽說：「只要快樂，時間並不重要，喝吧！」

「喝！喝到甚麼時候？」林大洋問。

「永遠。」三個女的同聲同氣地。

林大洋知道自己已經陷入了一個回不了頭的處境。他個性豁達，人生也享受過，有甚麼大不了的？念頭一轉，他拋開了顧慮。

「喝就喝。」他說：「好一個永遠地喝！痛快痛快！」

三人又舉杯。

媽媽去開瓶新酒，杏子做甜品，剩下銀子和大洋兩個在沙發上纏綿。大洋向她親去，銀子強烈地反應，狂吻之間，林大洋口中含着半片瓜子殼，貼在銀子的眼角，又輕輕地告訴銀子，他要的是她。

「妳能認得出誰是姐姐，誰是妹妹？」大洋忽然問。

「傻話。」媽媽在酒櫃後說：「做母親的哪會認不出。你身邊的是妹妹杏子，我身邊的是姐姐銀子！」

「媽！」兩個女兒同聲抗議：「你喝得太多了。」

「胡說！誰敢講我醉了？」媽媽呼喝。說完猛灌三杯，追着酒喝，喝完擁抱着大洋。

「妳們總得決定，我要先抱哪一個？」大洋宣佈。

「我是媽媽，當然是我先來！」

不！銀子和媽媽爭吵的時候，大洋又向杏子說：「妳和妳姐姐長得一樣，但是我感覺妳比她年輕得多，我喜歡的是妳。」

杏子大喜，即刻掀高自己的裙子。

銀子一看大罵杏子不要臉，打了她一巴掌，媽媽來勸架，把兩個女兒推開，三人扭成一團。

混亂之中，林大洋偷偷地打開門，逃之夭夭。

回到酒店，獨自躺在床上，感到無聊，口很乾，後悔剛才的決定是不是對的，又往外跑。

千年舞會

已經感到涼意，秋天悄然來到。林大洋寫的鬼故事，也應該告一段落。

放下筆，走回床，但是，他睡不着。

月圓。

林大洋走出門散步。

轉個角落，一個穿着大紅衣服的女子出現在他門前。布料一片片地搭連，像一堆楓葉。走起路來，葉子又似被風吹散，又凝結在一起。

少女走到林大洋面前，停下來，望着他：「為甚麼你那麼悲傷？」

林大洋苦笑一下：「我還以為再也沒有朋友了！妳到底是人，是鬼？」

「你要見鬼，還不容易？」紅衣少女說完抱着林大洋，往前走去。

餐廳中，大家把一杯杯紅色的液體灌進肚裏。

「他們在喝血？」大洋大驚。

少女笑得彎腰：「白蘭地已經不流行了，他們喝的是紅酒。每瓶幾千塊。」

「醉鬼？」大洋問。

少女不答，拉他往前走。

夜總會裏面，上千個女人，笑臉迎來。

「你今晚不帶她們去開房，就別惹她們，阻擋人家做生意。」少女說。

「她們都賣的？」

少女點頭。

客人淫笑。

「色鬼？」大洋問。

少女不答，再往前走。

投注站，數百個人爭着付錢。

「賭鬼？」大洋問。

「這不厲害。」少女說完又帶領大洋到一處。

刺目的燈，大放光明，照得像白晝。

馬跑出。

數萬人一齊站上來狂呼。

兩人又轉入商店街，電器舖中的電視機數十台一同播放世界盃足球賽。球射入網，歡呼聲大作。

「你以為是比賽？」少女說：「下注的。」

「是嗎？」林大洋不敢相信。

「通過人造衛星，至少有十幾億觀眾。」少女說：「都是賭鬼。」

電視熒光幕被店主轉到另一個台，出現政治家在演講，眾人拍掌稱好，這些傢伙，之前的立場不同。

「變臉鬼？」大洋問。

少女搖頭：「不是鬼，是人。」

又經過電子遊戲機店，幾十個兒童在玩，沒頭沒腦地，看不到他們的臉。

到了電腦街，大家在試機，奇怪，這些人，大大小小，長得都一模一樣。

「股票行天亮了才開，我不能陪你去看了。」少女說：「還有貪心鬼、餓鬼、小氣鬼、妒忌鬼……」

「夠了，夠了。」大洋叫：「我不想看下去了。」

「我們還是回家吧。」紅衣少女說。

林大洋點頭。

一下子，已到了門口。

開門進去，一片漆黑。

忽然，一大堆螢火出現。

林大洋仔細一看，才知道是幾十枝蠟燭插在一個大蛋糕上。

「生日快樂！」眾女人的聲音傳來。

大放光明，啊，是愛書的顏如玉、幽怨的吳倩蓮、想嫁的鬼新娘帶着黑衣少女前來、喜歡笑的咲兒和貓貓的花兒、洋妞鬼嬌娜、泰國女子嘉絲瑪。還有杜十三、史惜惜、愛雨的小宇、畫皮的少女等由好萊塢回來看他。萼小姐帶着一大束的花來送他、威尼斯的姬娜、銀座酒吧的母親和她的孿生女兒。

太高興了。眾女圍着，大洋感到人生最快樂的一刻，只希望時間停止。

荷爾小姐向大洋說：「我雖然給你摔壞，但是我不恨你。現代科技，要是運用得好，還是有可取的。這是我送你的禮物。」

說完打開大門，走進來的是瑪麗蓮夢露、占士甸、卓別靈、戴安娜。另一群結隊而來的是尊連濃、納京高、貝多芬、莫札特。畢加索、米羅、達里、梵谷相擁而來。還有穿着古裝的李白、杜甫、辛棄疾、納蘭性德……

「有了電腦繪畫，甚麼幽魂都能重現。」愛恩斯坦宣佈。

馬里奧蘭沙的歌聲唱出《這是最美妙的一夜》。

大家華爾滋。

跳個一年。

跳個百年。

跳個千年。

夏女

林大洋有一群好朋友，從小玩到大，分開了又聚合，最後一對對成為夫婦，只有林大洋是單身。

美麗的琪琪，嫁了給才華橫溢的李子由；而聰明的歐陽燕，則和富有的劉約翰結了婚。

剛從瑞典看完北極光回來的林大洋，我為他洗塵，問最想吃些甚麼？大洋說要吃碟雲吞撈麵。我帶他去了亞皆老街的「德記」，買一瓶孖蒸，聊了起來。

「琪琪呢？」那一群朋友知道大洋和我感情好，婚禮我也被邀請，我對琪琪的印象最深，一問就問起她。

「在夏威夷，和約翰私奔了。」大洋輕描淡寫。

「甚麼？」我大感詫異：「朋友妻，不可窺。約翰怎麼把子由的老婆也拐走了？」

「琪琪長得最漂亮，我們幾個男的都同時愛上她。」大洋說，「通常漂亮的女人都沒有腦。琪琪不同。把男人弄得舒舒服服，但是又古靈精怪，動作和語言都讓我們笑個半死。和她在一起，看着她的美態，開心到極點，有誰不想佔有她。」

「那麼李子由和歐陽燕不是很傷心嗎？」

大洋說：「才不呢！子由又遇上一個胸部很大的混血女郎，和她再結了婚；歐陽燕沒嫁，男朋友一個換得比一個年輕。我上次到她家裏，談起舊事，她哭了，靠在我懷裏，手摸了下去，我才知道她居心不良。」

這群人都有很高的智慧。迂腐的傳統道德觀念束縛不了他們。思想弄通了，也不是甚麼大不了的事，大家還是好朋友。他們之中，只有大洋比較老古板。

聽我問起琪琪，林大洋好想念她，就拿起手提電話打到夏威夷去。

「喂。」是琪琪的聲音：「大洋嗎？你是不是想來看我們？」

被猜中心裏的話，大洋遮掩：「去就去，不過你得先為我安排一個好伴。」

「像我樣子的不好找。」琪琪說。

大洋說不過她，投降了。「有你十分之一，我已經很滿足。我沒時間追求，你最好和對方説清楚，一見面就要上床。」

「行。」大洋好像看到琪琪在拍心口説：「包在我身上。約翰買了一個小公寓，你來我們家住好了。」

「還是住酒店。」大洋説。

「咿噫！不行，還是住我們家。」琪琪撒嬌。

「到時再説。」大洋掛上電話。

二月尾的夏威夷，很冷。

林大洋穿了一套夏天的薄西裝，還好，看見幾個同時走出機場的日本人，短袖上衣半截褲，以為夏威夷整年都是炎熱，冷得發抖，大洋笑了。

約翰和琪琪前來接機。

「説好的女人呢？」林大洋劈頭一句先問。

「別急，在家裏等。我們先去坐坐。」琪琪説。

「還是先 check in 酒店吧。」林大洋知道琪琪想要甚麼，一定堅持到底。他自己也很頑固，説要住旅館就住旅館，酒店通常入住的時間是下午，先到約翰家裏坐坐，也好。

開門，是一位少女，樣貌平凡。

林大洋轉頭，對着琪琪翹起一邊眉毛，像在問道：「就是這個？」

琪琪笑了：「來，我來介紹，這是李秀娟，台北來的，秀娟就住在我們附近，常來玩。」

這間公寓比想像中的小很多，只有一廳一房，大洋問：「約翰一向大手筆，怎會滿意？」

「房子小，可以盡量接近對方。」琪琪解釋：「是我的主意。」

閒聊了一會兒，知道秀娟是中華航空公司的高級職員，派來夏威夷。她衣服樸素，整個人乾乾淨淨，沒甚麼嗜好，只喜歡來約翰家裏喝紅酒。約翰的收藏，是信得過的。

門鈴響。未進來已經聽到女人的笑聲。

「我來介紹，她叫伊娃。」約翰說，「她也是香港來的。」

二十八、九歲，披長髮，面貌和身材都是一流，絕對符合林大洋的要求。琪琪站在她的後面，用手指點着她，不出聲地向大洋說：「是這個，是這個。」

「嗨，大洋！」伊娃打完招呼。

學着洋人，和大洋握握手之後在兩邊面頰上吻一吻，大洋能感到吻得濕濕地，各種做愛的姿式和溫柔的擁抱，所有的色情幻想全部湧上腦來。

秀娟很識趣地說：「我先走了。」

「你們不如晚上在這裏過夜。」琪琪看秀娟走出門後迫不及待地宣佈，「我和約翰睡房，你們兩人睡廳，怎麼樣？」

「不，不，不！」伊娃還沒等大洋講出來，便衝口而出，「把行李放在我車上，我載你到旅館。」

「我們先去酒吧喝一杯吧，等會兒才搬。」琪琪說。

伊娃贊同：「也好，我帶你們去一間我常去的。」

夏威夷轉涼時，氣候乾燥，一片白雲也沒有，蔚藍色的天空，椰子樹看起來更綠。

林大洋看到椰子樹的樹幹上圍着光溜的鋅鐵木竹口，市區中每一棵椰子樹都是一樣，這種現象在其他熱帶地方，從來沒有出現過。

「為甚麼要這樣做？」大洋指着問。

伊娃解釋：「預防老鼠偷吃了椰子呀！用鋅皮包了，老鼠爬到一半就滑了下來，再也爬不上去。」

這種方法虧夏威夷人想得出。

車子經過海邊，有許多年輕人騎着三輪車載旅客。

「這種現象經常看到。」伊娃說，「他們都是大學生，男男女女都有，做part time當三輪車伕。」

大洋又四處張望時，發現伊娃的手伸過來按着他的大腿。芬蘭天寒地凍，甚麼事都引不起興趣去做，林大洋已有兩個星期未近女色，更是衝動得要把伊娃就地正法。

「你為甚麼跑到夏威夷來住的？」大洋轉移注意力，找些話題。

「我在香港是幹股票經紀的。」伊娃笑着，「香港太緊張了，我又貪玩，沒時間，所以跑到這裏，用香港的那一套來做，像向小孩子手中搶吃。」

是一間很熱鬧的酒吧，英國式，很多客人倚靠在長櫃前喝啤酒。

「嗨，占美！」伊娃見到熟人，走了上去，親吻雙頰。

「嗨，加利！」伊娃又遇一個，做相同動作。

「嗨，安迪！」伊娃好像所有的客人都認識，包括白人、黑人、墨西哥人、夏威夷群島的各族人。

林大洋看得完全不是味道，腦中的色情印象，伊娃照舊，對手變成其他人。坐了下來，琪琪乘伊娃到處周旋時，一直笑大洋，「你怎麼安排了這麼一個女人給我？」大洋抱怨。

「呀！」琪琪尖叫起來，「不是像伊娃這種人，怎麼開口說一見面就要來的？」

林大洋吃了一記悶棍，作不出聲。約翰看在眼裏，也吃吃地偷笑。

「你要好女子，找秀娟呀。」琪琪又說，「我和秀娟認識那麼久，從來沒看見她親近過男人，是一個處女也說不定。」

但是，好女子歸好女子，那副尊容，怎麼啃得下？

伊娃走了回來，已有點醉意，那麼拼命和別人乾杯，不醉才怪。

「喝夠了沒有？回家搬行李到酒店吧？」她說。

林大洋心中，開始發毛。

到了琪琪的小公寓，上電梯的時候，伊娃在大洋的耳邊說：「相信我，我今晚會好好服侍你，讓你舒舒服服，裏裏外外。」

「我沒有做好安全措施。」大洋也向她小聲說。

「隔了一層東西，沒有感覺。」伊娃說，「我不喜歡。」

大洋好像看了一齣恐怖片。

進門，伊娃幫忙提行李。

大洋忽然宣佈：「我想，今晚不如就在這裏睡覺，做廳長就做廳長。」

「歡迎，歡迎。」琪琪說。

「不行。」伊娃為他做決定，「去睡酒店。」

「還是做廳長。」大洋堅持。

伊娃不管三七二十一，提了行李就要走，大洋搶着皮箱的把手，兩人睡酒店做廳長地交換對白，把行李拉來拉去，咔嚓一聲，那麼一個堅固名牌貨的把手，就給兩人大力地拉斷了。琪琪笑得捧着肚子在地下打滾。

「最後問你一句，走不走？不走我先走！」伊娃已是意氣用事了。

大洋好像聽到福音，即刻回答：「不走。」

伊娃沒有面子，衝了出去，重重地把門關上。大洋鬆了一口大氣，整個人癱瘓躺在沙發上。

「我看你坐了那麼久的飛機，也夠累了，不如先睡一睡，吃飯的時候我再叫醒你。」琪琪說。

大洋不反對，就那麼昏昏入眠。

醒來，聽到廚房有聲音，大洋走過去看。

一個女人的背影，腿很修長，圍着燒菜裙子的腰，是那麼細。轉身，是秀娟。

「琪琪他們說有應酬，打電話叫我到菜市場買點東西，來家裏煮給你吃。」

秀娟買了鮑魚和龍蝦，想把那兩個活鮑魚的肉掰開，手忙腳亂。

「讓我來。」大洋語氣帶着大師傅的權威，把鮑魚用鐵刷擦乾淨後，連殼放在火爐上烤。

鮑魚搏命地蠕動，秀娟呀的一聲叫了出來：「那麼殘忍！」

「給懂得欣賞的人吃了，牠們的生命也有了價值。可以從這個角度看。」大洋說。

秀娟安樂了一些，依偎在大洋身邊看着，胸部呼吸時起起落落，一陣陣熱力傳至大洋的背上，輸送到他的每一條神經。

兩顆大鮑魚，烤得半生熟，生的那邊用刀叉切開，當刺身，熟的又香又軟，秀娟從架子上選了一瓶八二年的紅酒，自己灌了半枝，臉開始發紅，呼氣急促。

林大洋住在人家家裏，當然把碗碟洗好，走出大廳時，看見秀娟已經替他把被鋪放好，坐在上面，把上衣脫了：「不要笑我的內衣老土。」

是那種四肢瘦小，胸部巨大的女人，梨狀的乳房，首部翹起，粉紅色。

「琪琪說好的，不是伊娃，是我。」秀娟說，「她知道你不會喜歡伊娃的。」

「做到一半，他們回來呢？」大洋問。

「傻瓜。」秀娟說：「琪琪故意製造的機會，怎麼會闖進來？」

林大洋已經把持不住，上前擁抱着她。

「要是做的不好，不要怪我，這是條件。」秀娟把大洋推開後說。

在這種情形之下，男人當然說甚麼都答應，但是大洋不同，第一個反應是想起沒有安全套，萬一在今晚秀娟有了孩子，對於全無經驗的她，不是一件很公平的事。

大洋溫柔地替她披上衣服。

「我……我知道，我不是一個好看的女人。」秀娟差點哭了出來。

「絕對不是因為這個。」大洋說：「不能不做好準備的呀。」

秀娟聽明白之後，開朗地笑了：「去琪琪的房間找找看，也許會找到。」

「他們兩人才不會用那些東西。」大洋最明白琪琪。

秀娟急了起來：「廚房櫃裏面有保鮮紙呀！」

虧她想得出，大洋笑了出來，秀娟也大笑。

「保鮮紙不管用的。」大洋最後說，秀娟唯有點頭。

「晚了，我送你回家。」大洋說。

秀娟的家走路只要五分鐘，送到她門口：兩人熱烈吻別。認方向從小就是大洋的弱點，兜了幾個圈才返回琪琪的公寓。

開門進去，大洋看到一個黑影坐在沙發上，嚇得一跳，即刻把燈開了。

「噹噹！」原來是琪琪，手上拿了一串東西一放放了下來，是七八個保險套子。

「約翰呢？」大洋第一個反應。

「他在朋友家裏的派對遇到了另外一個女人。」琪琪頑皮地唱台灣歌：「今天不回家！」

「你這是甚麼意思？」大洋指着那些安全袋。

「你今晚用呀！」琪琪宣佈：「我們大戰三百回合。」

「我沒和秀娟來，也是在你計算之中？」

「當然！」琪琪說：「認識你這麼久，難道還不知道你的個性，伊娃和秀娟那種女人，你是下不了手的。」

「你認識我這麼久，也應該知道我是一個老頑固。」大洋說。

「子由、約翰和你，都想要我。男女不公平。你們有沒有想過，我也要你們每一個人？」

大洋靜默，琪琪把睡袍拉開，傾國傾城的容貌，加上不可抗拒的身材，任何男人都得屈服。

「你試過我之後，就不會離開我了。」琪琪說：「明天你帶我走，天涯海角，你去甚麼地方，我跟你。」

本來就要崩潰的大洋，聽了這句話，忽然搖頭。

「你——你為甚麼——」琪琪簡直不能相信。

「不為甚麼，只是為了不想把關係搞得太過複雜。」大洋開朗地笑了。披上西裝，開門走出去。

琪琪知道已經沒挽回的餘地，抱着大洋說：「這麼晚了，你別走，我們甚麼事都不做，我答應你。」

大洋輕輕地吻着琪琪的額頭：「再留下來，我甚麼事都想做。」

在海邊一個人散着步，大洋非常孤寂，笑自己說：「其實，和他們一樣，做了，也沒甚麼了不起。」

忽然，大洋聽到身後有鈴聲，轉頭一看，原來是一輛三輪車，一個很健康的美國少女騎着。

「載你到處走走。半小時五十塊美金。」少女笑着問：「會不會太多？」

大洋坐了上去，問道：「你從甚麼州來的？」

「洛杉磯，」少女回答：「我是 UCLA 的學生。」

「為甚麼做這一行？」

「喜歡旅行呀！」她說，「來到這裏，錢用光了，甚麼工作都做。」

「你是不是一個人住？」大洋問。

少女點頭。

大洋掏出鈔票：「這裏五百塊美金，你讓我到你家住一夜。」

「不包括性服務？」少女問。

大洋點點頭：「好。」

少女說：「你這個人很好，你不要，我也想要。好久沒來了。」

「我也好久沒來了。」大洋也笑：「不過，有沒有套子？」

「五百塊美金，可以買很多個！」少女笑得非常燦爛。

雪姬的故事

和林大洋在酒吧喝酒。

「你那麼多女朋友，不同國籍，但從來也沒有看過你有一個日本情人。」我說。

「有過一個。」林大洋說：「叫雪姬。」

「雪姬？」我問：「日本女人沒有這種名字。」

「其實她姓關，日本話叫為SEKE，聽起來似雪姬，她又長得很白很白，所以我叫她做雪姬。」

「告訴我一點關於雪姬的事。」我說。

「很多年前，我被公司派去日本做工，一住就住了幾年，星期天無聊，逛百貨公司，我發現最好的辦法是乘電梯到頂樓，再慢慢地一層層走下來。走到地下層，試吃各種東西，吃飽了，就不必花錢上餐廳。」大洋說。

「雪姬是賣泡菜的？」我問。

「不，不。」大洋説，「你別急，聽我再説下去。我走進電梯的時候，看見了那個開電梯的女子，一身白色的制服，白手套、白鞋子，皮膚也是那麼白，除了面孔半紅，她的化妝並不濃，笑起來很甜。」

「原來是個電梯女郎。」我説：「我跑遍了全世界，知道只有日本才有這種行業，她們一面開電梯，一面介紹各層的商品，第一次看到，真是好笑。」

「可不是……」大洋説，「一般的電梯女郎做久了，像一副機器，説個不停，但一點表情也沒有。雪姬不同，她偶爾會把賣女裝內衣和賣男人底褲的層次弄亂，用戴白手套的手掩着嘴笑，臉漲得更紅，真是好看。」

「你第一次見面就約她？」

大洋笑説：「當然不是第一次。對她產生好感後第二個禮拜天又去乘電梯，一連去了好幾個星期，向她笑一笑，她有反應，知道她並不討厭我。等到電梯裏沒有人時，才鼓起勇氣開口。」

「用的是甚麼對白？」

「還有甚麼對白呢？一到了日本，香港留學生就教我約女子時只有一句話，那就是『要不要喝一杯咖啡？』日語是『Kohee Onomimasenka.?』我一有空就練習，説得很純正，她當然聽得懂。」

「她馬上答應？」

「不，她馬上搖頭。用手指着藏在電梯天花板中的攝影機。等到我走出去，她才説：『門口，七點。』我起先失望得要死，聽後又快樂得要死。」大洋説。

「後來怎麼搞上的？」我問。

「那麼久之前的事了，細節我已記得不清楚。總之是喝完咖啡，問她要不要吃點東西？她點頭，吃過了走路送她到車站，最初她不告訴我住在哪裏，後來也讓我送到她家門口。」

「再下去呢？」我好奇地追問。

「再下去也依着日本年輕人的習慣：喝咖啡，看電影，吃飯，到酒吧去喝酒。酒喝得多，時間忘記了，走到車站時已沒有電車，日本超過十二點就沒電車。兩人散步，走向情人酒店開得很多的地區，問她説走不走進去？她起初當然搖頭，我當然拼命游説，最後兩個人還是走了進去，就是那麼一回兒事了。」

「後來一直在愛情酒店幹那回兒事？」

「當然不是，年輕時，大家都窮，開房很貴，只在沒有電車時才去，總比搭的士回家便宜。想要時，到她家，或者去我住的公寓。她住的地方很小，但是五臟俱全，只是沒有浴室。當年，可以沖涼的，是很高級的住宅。最不方便的是做完後只有用面紙擦乾，這也解釋日本古代春宮繪畫，床邊為甚麼有一大疊草紙。」

大洋說，「有時，她也把衣服和牙刷帶來，在我家過夜，大家做完後捧着一個塑膠盆，帶着洗頭水和肥皂，散步到附近的公共澡堂子洗澡。」

「來往了多久？」

「兩年，有一次新年，她穿了傳統的少女和服來拜年，引得我不能自制，想即刻來一下，但她說脫了不會穿回去，只好掀開和服就地正法。做的時候很小心，怕弄髒了，我在下，她在上，那個姿式很滑稽，現在想起來還很好笑。」

「後來是怎麼散的？」

「第二年她來拜年時，抱了一隻小貓，說要學習抱嬰兒。我聽得心驚肉跳，事業還沒開始，怎能想到生兒育女？見面的次數少了，到了最後，她辭去開電梯那份工，去一間小酒吧做酒保，和那酒吧老闆搞上了，就再也沒來找我。」大洋說。

「你這段情史，令我想起宮澤里惠拍的那個叫《東京電梯女郎》的電視連續劇。」我說。

「她長得比宮澤還要美，還要好。」大洋批評，「而且那齣戲的劇本寫得不好，編劇一定不曾有過一個電梯女郎的女朋友。」

「如果由你來寫，你會怎麼寫？」我問。

大洋笑着說：「首先，描寫的女主角，是會說夢話的，睡到一半，舉起手，說個不停：『這一層是賣玩具的，下一層是賣陶器的，賣男裝的在三樓，女裝的在二樓……』」

盂蘭派對

夏天快到，又是開始講鬼故事的時候。

每年農曆七月十六至二十日，世界各地華人地區舉行盂蘭勝會，俗人稱之為「鬼節」。

這一次長老們聚合，跪地誠心誠意擲出勝杯，兩片彎月形的木塊，一面圓一面平，稱之一陰一陽，三次都是中，打開紙頭，選出今年的盂蘭勝會街坊總理，竟然是我的朋友林大洋，我上前道喜。

「是珍妮又來邀請我去參加她的派對了。」大洋笑着說。

「派對？甚麼派對？」我不知道他講些甚麼。

「做盂蘭節的總理不是捐錢就成。」大洋說：「也不是一人一票選出來的。要連續擲勝杯，第一次一陰一陽，第二次也是一陰一陽，到第三次，要兩杯杯底朝天。再由幾百人的名單中抽出一個，這個人才能做總理，與其說是人選出來，不如說是鬼選出來的。」

「你知道得那麼詳細，到底你被抽中多少次？」我問。

「一連兩次。」大洋說：「這是第三次了。」

「但是又和派對有甚麼關係？」我再追問。

以下是林大洋的盂蘭勝會故事。

當林大洋第一次被選中為盂蘭節總理的時候，區裏的各位長老請他上台，坐在中央，便開始一個個演講。長老們的講詞又長又臭。林大洋坐着，聽得昏昏欲睡。

這時候有一個女子的聲音在他耳邊說：「醒醒，我帶你去派對。」

林大洋睜開眼睛，是一位少女，樣子極美，一副聰明能幹相，只有大洋能夠看到，旁人不察覺。

「你是誰？」大洋詫異：「是人是鬼？」

「我是盂蘭節的公關，叫珍妮。負責鬼節的交際，當然也是鬼囉。」珍妮說。

冥冥之中，大洋的手被牽着，一直往地底下鑽去，到了一個地方，閃着迷幻燈光，音樂聲大作。一群人，不，應該說一群鬼，數之不盡，至少有數十萬隻，在大跳的士高，場面浩大，蔚為奇觀。

「這簡直是 rave party 嘛！」大洋驚嘆。

珍妮點頭：「別以為你們人類會進步，我們做鬼的，也很流行。」

一堆女鬼跟着強烈的音樂節奏擺動長髮搖頭，有一個搖得厲害，忽然把頭搖得飛了出來，把大洋嚇個半死。那女鬼即刻跑上前把頭拾起來裝回頸項，繼續跳舞。

珍妮說：「她舉義失敗，在紹興軒亭口被斬首。」

女鬼一面跳舞一面伸出手來給大洋握着：「哈囉！我叫秋瑾。」

「哇！」大洋興奮起來，問珍妮說：「她們都在這裏？」

「你要見甚麼鬼我都可以替你介紹。」珍妮說。

「先見見西施、趙姬、王昭君、貂蟬、卓文君、張麗華、楊玉環、花蕊夫人、蕭皇后和董小宛。」大洋一口氣把十個名字唸了出來。

珍妮拿出一張小紙，一一記下，問道：「還有呢？」

大洋又說：「美女可能沒甚麼學問，不如才女吧，你替我介紹古代的十個才女：蔡文姬、上官婉兒、步飛煙、魚玄機、薛濤、李清照、魏夫人、張玉娘、朱淑貞和譚意歌。」

「我見過她們，都不是很性感。」珍妮說。

「那麼找十大名妓好了。」大洋說：「蘇小小、謝玉英、莘瑤琴、杜十娘、李香君、陳圓圓、小鳳仙、賽金花、霍小玉和李娃。」

「虧你記得出那麼多名字！」珍妮埋怨：「你也真的太貪心了！」

「你說過我要見誰，你都能介紹的！」大洋忿忿不平。

「好！好！」珍妮說：「我等一下替你找出來。」

「還有。」大洋記起來了：「我最想見的，還有第一個女人夏娃。那麼多鬼，你找得出嗎？」

「那還不容易！」珍妮說：「笑話也講過，要找夏娃，找沒有肚臍的就是她了。」

「你別光說，馬上去找呀！」大洋喊了出來。

「我們先去吃一點東西。」珍妮帶路。

給珍妮這麼一說，大洋的確感到肚子有點餓，跟着她走到一張長桌，擺滿了食物和飲品。大洋看中一塊做得很精美的蛋糕，吃了一口，即刻噴出。

「這是甚麼東西做的？」大洋大叫。

「蠟燭和紙元寶。」珍妮若無其事的自己吞了幾大塊。

看到酒，大洋試了一杯，又噴出來。

「活人祭酒，都不肯用好的，你將就一下。」珍妮說。

水總沒問題吧！大洋喝了。啊！清甜無比，原來陰間的水是那麼好喝！連灌幾杯。可是陰水太涼，林大洋感到越來越冷，不停發抖，就快冷壞，怎麼辦才好？

忽然從身後有個女鬼抱着他，大洋感覺到她全身熱烘烘地，一下子冷意全消。轉過頭來，看到的是一個洋妞。

「嗨！我叫貞德。」金髮美女說。

「你怎麼這麼溫暖？」大洋問。

「你忘記了嗎？我是被燒死的。」聖女貞德說。

大洋把故事說完。

「我不相信！」我大叫：「不是真的！」

林大洋懶洋洋地：「故事嘛！真不真的有甚麼要緊？好聽就是！」

月圓的泰姬陵

這是一個月圓的晚上。

林大洋獨自到了印度泰姬陵旅行。普通人都在日間觀光，他選擇這個時候來，第一不那麼炎熱；第二避開擠擁的人群；第三，這世界七大奇觀之一，晚上看起來和明信片的印象完全不同。

可惜，當晚陰雲密佈，但是白色大理石的泰姬陵還是看得清清楚楚，倒影在長形池中，變成兩個，嘆為觀止。

忽然，傳來金屬敲擊在石頭上的巨響，是馬蹄聲。林大洋轉頭一看，立即目瞪口呆。

兩百名身穿黑色軍服的人，身高七呎，手提長矛，騎着兩百頭漆黑駿馬，衝着林大洋而來。

不可能是印度觀光局的表演吧？這隊御用騎兵的威風，也絕非任何電影安排得來。

林大洋的雙肘被挾着，腳離地，像飛一般瞬眼間給帶頭的兩個將領送到陵墓的大廳，拋在大理石上。

「怎麼可以對客人那麼粗暴！」一個女人的聲音，御用軍即刻跪地道歉後消失。

大洋舉頭，是一位美若天仙的少女，被印度絲紗麗包裹，但身材還是那麼突出。另一個少女又出現，接着來了十多名，一個比一個漂亮。

「這……這不是開玩笑的呢？」大洋詫異：「你們是不是人？」

「哪有那麼多功夫和你開玩笑。」帶頭的宮女說：「我們的主人今晚選中了你陪她，你真幸運。」

「你們的主人是誰？」大洋問。

「泰姬呀！」她說。

林大洋一聽大樂：「能夠看見這位絕色佳人，一生也無憾了。」

宮女笑着補充：「要是你能活着回去的話。」

大洋打了個冷顫。一聲沉重的鑼響，臥室的門打開。三丈見方的落地床上，鋪着黑色的天鵝絨，躺在床上的女人美得眩目。只露出一條潔白似雪的小腿。

「我們來自北印度的人，皮膚都不黑。」泰姬像能猜出大洋的疑問：「我丈夫也是因為我長得白，才建這麼一個白色的墳墓給我。來，抱我。」

「皇帝對你那麼好，你怎麼可以背着她偷情？」大洋問。

「你們一般人都誤會了，他不是對我好。」泰姬說：「他是對自己好。他的墳墓是準備用黑顏色大理石建的，比我這一座還要大幾倍。後來他的兒子當他是瘋子，把他關了起來，才蓋不成。別說那麼多，我們來吧！」

兩人的衣服一下子都往天上飛去，泰姬成熟得像樹上果實的身材，不是那群年少宮女可以比較。

林大洋感覺到泰姬的手伸下來，把他最敏感的部位放入她的體內，一層層柔滑似錦的肌肉緊緊地包着大洋，泰姬吸了一口氣伏在他身上，一動也不動。

但是，最奇妙的是內腔不停的痙攣，把大洋引到深淵，撞着了壁，再用厚肉向大洋衝撞而來，像海洋的大浪，一波接一波。

絲毫不必花體力，氣喘的是泰姬，她的下半身，一維持就可以幾小時。大洋知道泰姬用的是瑜伽術，腦中的微型原子彈開始爆發，傳到身上去，就快崩潰。

這不是辦法！林大洋一下子翻過身來把她壓在下面，強力抽送，泰姬才微微發出喊聲，大洋再把泰姬扶了上來盤着腳，換成坐式。變化無窮，讓自己分神，才能和泰姬競爭。

「這……這是甚麼技術？你從哪裏學到的？」泰姬呻吟。

「佛教。」大洋說。

「佛教？」

「密宗的歡喜佛嘛。」大洋笑了：「看得多了，就學會了。」

「好……好個歡喜佛，實在令人歡喜。」泰姬也快丟了，只好將下身抽起，把大洋按着，吻他胸上每一吋的皮膚，往下親去：「我要你陪我一生一世。」

大洋閉着眼，但感到一陣光線。望出去，整個大月亮填滿窗框，大理石的臥室變成半透明。

為了搶救自己，也得停止這場歡樂，大洋忽然抓着泰姬的長髮，抬起她的頭讓她對着月亮。

泰姬用雙手遮着眼睛，嘆了一口氣：「你對印度的傳說也懂得那麼清楚：墳墓始終是不吉祥的東西，月圓的晚上看泰姬陵，愛人就得分離。」

影子越來越淡的泰姬，終於哭着消失，大洋也感到一份悲哀。

「我才不相信你講的故事，不會是真的！」躺在大洋懷抱的女朋友珍妮起身，雙手搥他。

「故事嘛，真的假的都沒問題，好聽就是。」大洋說。

「我知道了，我們來到泰姬陵，就是你不要我了！」珍妮低下了頭。

「我真的沒有結婚的準備。」大洋低聲下氣說。「有了孩子更糟糕，我自己也長不大，怎麼教育？」

「好吧，緣份已盡，分手就分手。」珍妮說。

「你不恨我？」大洋問。

珍妮開朗地笑了：「你花了那麼多功夫，老遠把我帶來這裏，而且還算好是個月圓的晚上，我怎麼忍心恨你？」

藍眼

從開羅到獅身人面和金字塔，中有十多公里路。

林大洋來到這裏，想起他在歐洲生活時，看到貴族友人的家庭照片。數十年前他們已經乘螺旋槳飛機來過。之前，從海路陸路來的公子哥兒不斷，自己現在才有機會踏到這塊大地，是不是遲了。

阿拉伯人的名言：「人怕時間，時間怕金字塔」，實在沒有説錯，但是比起永恆的宇宙，五千年歷史又算得了甚麼？遲一點來，又算甚麼？

其他遊客在獅身人面旁邊拍了一張紀念照片就回去，金字塔是可以鑽進去參觀的，林大洋當然不放過這個機會。

但金字塔要買門票，每張二十塊埃及鎊，合五十塊港幣。前面有幾個德國彪形大漢走進洞口。裏面很幽暗，大家彎着腰往前走，見到一條向上爬的斜坡，鋪着些木條，當梯子往上攀登。

「這種地方，不知道有沒有鬼？」其中一個德國人說。

忽然，一隻東西跳在他身上，把他嚇得半死。一看，是一隻波斯貓，瞪着兩隻藍色的大眼睛。

德國大漢用腳大力一踢：「Fuck you！」

貓被踢飛出去，撞着石壁，德國人衝上前，還要踏死牠。

「你在幹甚麼？」林大洋把他喝止：「這麼殘忍的事你都做得出！」

德國大漢怒視大洋，但看他臉無懼色，悻然走開。

大洋把貓抱了起來，看牠沒有大礙，輕輕用手指反勾牠頸項下面的毛，貓最喜歡給人那麼摸，瞇上了眼。

玩了牠一會兒，把貓放下。大洋周圍一看，已不見人群，迷了路，繞了幾個圈子才走得出來。天已黑，滿天星斗，晚上的金字塔，更美。

林大洋又飢又渴。剩下一個人在沙漠中間，不是好玩的事。

地平線上出現了九匹大駱駝，一下子衝到大洋前面，中間有一匹沒人騎，跪了下來。

「我們的酋長歡迎你到他的營帳。」帶頭的將領說。

大洋也沒有拒絕的餘地，騎上駱駝跟他們走。

裏面佈置得像一個行宮，烤全羊的香味傳來，十二人的樂師伴奏迷人的音樂，酋長穿着全身漆黑的阿拉伯服裝，有如一隻黑豹爬起身相迎：「我對每一個客人都先問同一個問題：獅身人面為甚麼坐在金字塔的旁邊？」

「埃及人愛貓，法老死了把貓當人，要貓陪他。那是一隻貓，不是獅子。」大洋直接反應說。

酋長大樂：「好一隻貓！來，我們吃吧！」

大洋不知道吃了多少東西，嘆氣道：「只可惜你們都不喝酒。」

「我們有這個！」酋長說完把水煙筒遞給大洋，在燒煙草的小爐上加了幾塊東西，大洋看得出是浸過蜜糖的大麻膏，拿了煙嘴，猛吸幾口。

煙入喉嚨，像一口照着晨曦，映着晚霞的雲朵，即刻發生作用，大洋睜不開眼睛，覺得從來沒有那麼舒服過。

一群女人走出來，跟隨着音樂起舞，節奏由緩慢越變越快，身軀只露出腰部，肚臍眼鑲着各種顏色的寶石，閃得炫眼。揮動着長紗在大洋臉上輕輕掃過，溫柔地撫摸再撫摸。

音樂忽然停下。各女人紛紛撤退，只見一位披着灰色長袍，蒙住臉，只看見一雙藍色眼睛的少女，大洋不知道在甚麼地方見過她。

「這是我的女兒藍眼。」酋長説，「個性很強，沒有人能夠叫得動她。她喜歡，才會來叫你，今天晚上，是她叫我請你來的。」

林大洋的四肢已經不大聽話，讓少女扶起，帶到一張天鵝絨的落地大床躺下，解開衣服。出現在大洋眼前的乳房並不大，像未成熟的梨，乳首粉紅顏色驕傲地挺着，少女把大洋的手拿起來放在自己的胸前。

火山爆發似地，大洋已經忍不住，即使是一下子崩潰，也感受到數不清的細節，精液慢慢由肉體迫出，充滿了下半身，才噴泉般地湧出。

這時少女才打開她的面紗，伸出舌頭，往大洋的腿間埋去，大洋以為她想再要，原來只是將他身上的每一個方寸舔得比洗澡更加乾淨。

大洋覺悟她是誰了，用手指輕輕地反抓她的頸項，少女瞇上藍眼，兩人一齊昏昏睡去。

天亮。

大洋醒來，一切消失得無影無蹤。當作一場夢吧。大洋看到遠處的公路有車輛經過，可以搭順風車回開羅。

走過獅身人面時，聽到低微的聲音在喊救命，原來是昨天那個德國佬，全身埋在浮沙池中，頭快要被淹沒。大洋不忍心，解開皮帶抛出去，讓那德國人抓着，把他由浮沙中拉了出來。

「謝——謝——你。」德國人說。

大洋回憶昨晚的美夢，向大漢說：「下次，對人好一點。不，應該說，對貓好一點。」

藍色的天堂

林大洋不是一個很好運動的人，但是沒經驗過的，他都想試一試，這次來到澳洲的大堡礁，也是同一個好奇心，要潛水的話，就要到這個世界七大奇觀來潛。

「我不知道大堡礁也被列為七大之內。」他的表哥李奇說。李奇是一個長得奇醜的男人。在學校裏，女孩子都靠近林大洋，從來沒有一個喜歡李奇，但是上天是公平的，讓李奇有一個科學的頭腦，經常發明些小玩意。長大了，成為博士，諾貝爾獎，將是囊中物。

大洋點頭：「還有喜瑪拉雅山、維多利亞瀑布等等，都爭着進入七大，中間只有大堡礁和大峽谷被人認可。」

「甚麼是世界七大奇觀都不要緊。」李奇說：「我現在發明的這件東西，肯定是改變人類生活方式的奇蹟。」

空談聽得多的大洋，笑嘻嘻不反駁：「讓我看看。」

李奇張開手掌展示一顆維他命丸般大的金屬膠囊：「有了這粒東西，人類就可以在海底生活了。」

「就憑這個？」大洋禁不住懷疑的表情。

「別小看它。」李奇説：「我將氧氣壓縮在裏面，含着它，我們可以在水中呼吸二十四小時。這只是原型，發展下去，一個月一年，都沒問題。」

大洋依照李奇的指導把鐵囊放進口中，輕輕一咬開關，真是神奇得不得了，一股清香的空氣從中噴出。李奇警告，千萬別張口把鐵囊吞進肚裏。

黎明，周圍沒人，他們兩個脱光了衣服，潛入水中。一望無際的珊瑚礁，像大陸上的平原，不過是藍顏色，大洋心中感嘆：「實在可以列入世界七大奇觀！」

本來是完整的大自然，近來被潛水者破壞，已有很大部份的珊瑚死亡，露出白骨。

因為不受時間限制，有多深可以潛多深，大洋和李奇兩人放心地往下尋找，終於看到數千數萬數億年來的美好，人類從來沒有進出過的藍色世界。

忽然，兩人都看得發呆。

出現在他們眼前的一座透明的藍色宮殿，比他們在歐洲見過的皇宮大幾十倍。

一隊穿着藍色盔甲的戰士出現，騎着的海馬有人間的駿馬那麼大，威武地前來，蝦兵蟹將們跪在大洋和李奇面前，領他們入宮。

登上一個數層樓高的斜坡，露出水面，他們兩人已經不必靠鐵囊呼吸，從口中吐出。

坐得高高在上的老紳士走下來：「我是海龍王，歡迎兩位來到我的水晶宮。」

「海龍王？水晶宮？」大洋不可思議。

老紳士笑了：「東方有的東西，西方也存在呀！」

「那麼，也有海龍公主了？」這是李奇最感興趣的。

「當然。」海龍王說完拍拍掌，聽到一群少女銀鈴般的笑聲，宮女們把小公主帶出來。人間尤物，都被公主比了下去。

「我只得這麼一個女兒。」海龍王說：「今晚由她來陪你們，要選擇哪一位，由她決定。」

林大洋不禁走前一步，公主也笑盈盈向他走過來。李奇好生失望。

幾乎聽到公主的呼吸聲時，她轉過頭來，投向李奇的懷抱，將他帶進閨房。認識過無數美女的大洋也豁達地笑了。

「其他人陪這一位！」海龍王命令。

失去公主，有宮女作伴，個個樣子玲瓏可愛，調皮搗蛋地擁抱住他，大洋大樂。

「有沒有在水中試過？」其中一個在大洋的耳邊問。

大洋搖頭：「在浴缸裏，算不算？」

眾宮女聽完大笑，把他帶下梯級，大洋拿出鐵囊含着，和宮女們潛入水中。

身上被又輕又薄的海藻衣纏着的宮女們，在水裏像一群美麗的珊瑚魚，水流沖着，海藻飄開又包緊，雪白的乳房跟着飄動。

大洋看得身上每一方寸都充滿血液，宮女們率性把海藻拉開，看見她們的赤裸。好在並非沒有下半身的美人魚。

其中一個把大洋放進身體，一陣溫泉般的暖流噴出又吸入。整個身體像八爪魚一樣緊攬着他，大洋的下體被吸噬住，不能彈動。其他宮女一個個游過來衝撞大洋的臀部，幫助他抽送，有些游在他旁邊，奉上一個又一個豐滿的胸部，大洋貪婪張開了口。

忽然，那個鐵囊一下子被吞進肚子，大洋感到呼吸困難。昏迷過去。

有人把另一粒鐵囊放進他的口中，大洋又清醒過來，一看是他的表哥李奇。

「你含着它，回去吧！」李奇說。

「那麼你呢？」大洋問。

「我不走了。」李奇說：「公主答應我，陪我一輩子，要是我不把我的發明公佈。」

「那多可惜！」大洋說：「方程式只有你一個人知道，還是你回去。」

李奇搖頭：「我已經明白，要是人類都靠這個發明潛進海底，那麼整個海洋就從此破壞了，我活在世上從來沒有一個美麗的女人陪過我，讓我和我的發明沉在海底，也是值得的。」

整個海龍王宮的人都出來相送，大洋又潛入海中，依依不捨，離開這個藍色的天堂，回到沒有那麼美好的人間。

畫壁

林大洋說一個故事給我聽。當年他和他的老友王一杯去意大利翡冷翠旅行，大家只有二十歲左右。

看完了米開安基羅的大衛像，又在廊橋散步，參觀一間又一間的博物館和畫廊。肚子餓了，就在小巷中找燉牛肚吃，這種小食最適合東方人的胃口。

牛雜檔後面有間修道院，環境幽美清靜，為甚麼導遊小冊子上沒有它的名字和地址呢？兩人互望了一下，已經知道大家的心意，走了進去。

壁畫是那麼精美，人物栩栩如生，都是原寸大的，來自各階層，從他們的衣著可以看出。像是古代的一群遊客，在空曠的寺院中，似乎聽到細語。林大洋和王一杯在看他們，還是他們在看這兩個東方人呢？另外一堆人，在聽一個紅衣主教說道。

「歡迎歡迎。」林大洋和王一杯身後有人用普通話向他們說話。

轉頭，見一又高又瘦的人物。整身紅衣，像一把會走動的火燄，炫耀得兩人眼花，似曾相識，會不會是畫中人物？

「我對東方的神秘充滿好感，在神道院中主修漢語，所以會説中國話。」他解釋，「花園裏還有很多雕塑，我帶你們去看看。」

林大洋大感興趣，一面和紅衣人聊起宗教理論，非常投契。王一杯則還是沉醉於壁畫中的人物，尤其是當他看到那三姐妹，各有不同顏色的眼睛，海藍、濃綠和金黃。三人卻相反地被王一杯的黑眼吸引，不停地望着他，露出微笑，活潑的神態中帶點調皮。如果天使是那麼美，他面前望的就是天使。

「你們先去，我再看一會兒就跟着來。」王一杯向大洋説。

等兩人走遠，王一杯好像感覺到有人拉他的手，非常柔軟，而且還有一股熱力傳來，全身舒服，飄飄然地走進壁畫裏面。

王一杯跟着三姐妹穿過一道又一道的迴廊，來到三間閨房，他正在猶豫，只見藍眼妹妹舉起手中那枝玫瑰花，向他招搖。王一杯走了進去，兩位姐姐有點失望，落寞地站在門外。

房裏有一張臥椅，小妹妹半躺在那裏；椅後落地窗外射入午後的陽光，照在她半露着、起伏不停的胸脯上。王一杯走過去在椅邊的地氈坐下，把頭枕在她的懷裏。

一陣檀木的幽香傳來，王一杯感到是兩片嘴唇，這時他才知道少女口中液體，真會是甜的。

輕吻變成強烈的擁吻，和迫不及待的互相除去衣服，王一杯爬上去，臥椅太窄，但反而能換許多姿式進行，王一杯溫柔地一招來後又一招。

世間不可能那麼美好，王一杯想，一定會有不愉快的事發生，這時聽到門被撞破，有一股力量把兩人拉開。

小妹妹和王一杯從美夢中驚醒，看是甚麼兇神惡煞前來干擾，只見兩副微笑的面孔。大姐和二姐說：「這裏太小，還是到大床去。」

王一杯和小妹妹還是不肯分離，一面做愛一面被兩位姐姐抬到床上。接着她們兩人也褪落了衣裙，用手借力幫王一杯抽送，小妹妹呀的一聲長嘆，整個人崩潰，像要變成碎片。姐姐們把王一杯從妹妹的身體中拉開，讓他輪流地放進自己裏面。

「我的朋友怎麼那麼久都還沒有出來？」林大洋和紅衣人談得入神，突然想起。

紅衣人不經意地：「他正在和我三個女兒快活，不去管他。」

「女兒？」林大洋詫異，「您不是神職人員嗎？怎麼會有女兒？」

「我不是你眼中的主教，剛好相反。」紅衣人說完歪着嘴微笑，林大洋好像看到他頭上有兩枝角漸漸長了出來。

「他……他……我還是要帶他回去東方的。」雖然無禮，但林大洋非說這番話不可。

紅衣人長嘆：「你們世俗人，總有牽掛。好吧，我從畫裏把你的朋友叫出來。」

「他跑進壁畫裏了？」林大洋開始感到驚慌，「這不是和《聊齋》中的故事一樣？」

「我也讀過這本文學，的確有一篇叫《畫壁》的很相同，異史氏說的幻由人作，我贊同；不過說人有淫心，是生褻境，人有褻心，是生怖境，就和我們的想法不一樣。人有淫心是很自然的生理變化，為甚麼一定要產生恐怖呢？快樂不行嗎？」紅衣人的話，有道理，大洋口服心服。

走回修道院的牆壁，林大洋看到壁畫中出現了一個東方人，不是王一杯是誰？

紅衣人用手指彈了壁畫：「你的同伴等得你太久了！」

說也不相信，王一杯從壁上飄了出來，呆呆地站着，直瞪着眼，腿腳軟綿綿的。

「你想回家嗎？」紅衣人問。

王一杯望着林大洋，又望向紅衣人，搖搖頭。

紅衣人微笑，說聲這才像人，把他一推，王一杯又回到壁中。

「你走吧。」紅衣人向林大洋說：「每一個人，都有自己的選擇。」

林大洋這麼一走，二十年後才有機會重遊翡冷翠，他再去找那牛雜檔，看見了修道院。

走了進去，牆上的壁畫中，見到他的老友王一杯，站在他身邊的是一個英俊的混血兒，已有當時他和王一杯一起旅行的年齡，張着口，好像向林大洋說：

「叔叔您好。」

花蒂瑪

林大洋在馬來西亞旅行，乘着跑車在公路上奔馳。當年沒有公路，從新加坡到吉隆坡要八小時。今天，他開得快的話，兩個半鐘便能抵達。

美琪在山上那家殖民地式建築的酒店 Carcosa Seri Negara 旅館等他。林大洋想起她那瘦長的軀體，但胸部照樣豐滿，梨形狀翹起。乳首還是那麼粉紅，將雙腿和雙唇略略張開時……林大洋已經迫不及待，直踩油門，恨不得早一分一秒撲進她的懷裏。

前車是一輛運載棕油的大卡車，漏出油來，公路極滑，林大洋要扭軚已經來不及。忽然，天旋地轉，整輛跑車打了十幾個滾，林大洋失去知覺。

醒來，一張漂亮的臉看他：「好了，好了，沒事了。」

「我……我在甚麼地方？」林大洋要掙扎起來，但給少女按着。

「你還沒有完全恢復，還是躺一兩天。」少女命令，「我叫花蒂瑪，你現在在一個公路邊的休息站。」

林大洋沒聽她的話，還是轉頭四處望，看到路旁的那跑車，已經撞得像一團廢鐵，令他想起占士甸那一輛。

「我……我怎麼……怎麼還能活着？」大洋追問。

花蒂瑪嘆了一口氣：「遲早你也會知道，不如現在告訴你，我不是人，是鬼。」

「鬼？」說甚麼大洋也不能接受。

「我也是在你失事那個地點遇難的。」花蒂瑪說，「我乘的遊覽巴士和迎頭的貨車相撞，死得好慘。巫師看我做人仁慈，又沒出嫁，所以讓我在這裏找替身。」

「我……我就是你的替身？」大洋大驚。

「唔。」花蒂瑪點頭，「不過我一看到你就喜歡上了。我不忍心讓你死去。」

大洋有了一線希望。

「我向巫師許了一個願，說不再做人也不要緊，但是要你陪我，巫師答應我，條件是不能離開地面這條公路。」

「陪你？」大洋叫了出來，「陪你多久？」

「一生一世。」花蒂瑪說完，拿了一把黃金的匕首，「我沒甚麼給你，這把金匕首，算是我們定情之物。」

大洋已經做好逃亡的準備，敷衍着對方，昏昏睡去。

醒來，已不見花蒂瑪，大洋爬起身，看見一片一望無際的油棕樹園，不管三七二十一，跑了才說。大洋一直往前衝，走了不知多久，又渴又餓。天已黑，前面有燈光。大洋直奔過去，是一個公路旁的休息站，花蒂瑪已經坐在那裏等他，若無其事說：「我整好了咖喱，你來吃吧，吃完我們又得上路了。」

既然對方不追究，大洋也裝成沒發生過甚麼事，坐下來吃一頓飽。花蒂瑪叫他。一看，是一輛麵包車，走進去，裏面裝修得很豪華，壁上還鋪了絲絨，有幾個座位，還有一張小床，大洋爬了上去，疲倦不堪，呼呼入睡。

醒來，天已亮，大洋說：「我得上洗手間。」

「好。」花蒂瑪說，「下一個休息站我們停下來。」

到站，花蒂瑪也下車，開着路邊的水龍頭，洗起長髮來，她只圍着一條沙龍，蹲下來時開了一邊，露出腿來，讓大洋看得血液奔騰。

麵包車的引擎還是開着的，大洋吹着口哨，乘花蒂瑪沒注意，跳上車馬上開走。一面駕車一面看看倒後鏡，不見花蒂瑪追來，稍為定神。車一直開，大洋看路上的標誌，指着南部柔佛的方向開去。但是開極還是四百公里距離，永遠達不到目的地，汽油缸已空，大洋看到前面有加油站，停了下來，大驚，他看到花蒂瑪笑嘻嘻地看他。

「沒有用。」花蒂瑪無奈地說，「別再嘗試了。」

日子一天天過去，大洋再逃亡幾次，有一回已經看到飛機場，但絆了石頭跌傷，被救護人員抬進去的不是救傷車，而是花蒂瑪的麵包車，怎麼辦，怎麼辦？

在絕望之餘，大洋拼命做好吃的菜給花蒂瑪吃，吃得她有點肥胖。大洋直望着她的大腿，花蒂瑪有點害怕，「你……你不會是想把我給吃掉吧？」

大洋正有這個意圖，但到底太殘忍了，下不了手。他的旅行經歷豐富，熟悉馬來西亞風土人情，又產生逃亡計劃。這次輪到他不吃東西了。

花蒂瑪眼看大洋一直消瘦下去，已減輕至八十磅左右，強迫大洋進食，但大洋吃進去又吐了出來。

「你不能死，不能死，你要陪我一生一世的。」花蒂瑪哭得很傷心，「你說，除了逃亡，你想做甚麼？」

大洋喘着氣說：「你帶我去吉蘭丹吧。我遊遍了馬來西亞，從來沒去過。」

「我答應你。」花蒂瑪說。

到了吉蘭丹公路的休息室。大洋說：「我想吃東西了。你去市場買菜，我要吃你做的咖喱。」

看着花蒂瑪歡天喜地走遠，大洋掙扎起身，連跑帶爬走到吉蘭丹的廣場。

大洋算好了時間，這裏每年六月三日有個大型的風箏比賽，各式各樣，五顏六色的風箏，有一個人那麼大，大洋選中了一個，把懷中的黃金匕首塞給風箏的主人，做為交換。那人看到這把鑲滿寶石的東西，大喜，一切沒問題。大洋爬上風箏，緊緊抓住竹子，風一吹來，那人和幾個助手一拉一扯把風箏送上天。

風箏斷了線，大洋在空中俯視下來，看到菜市場中的花蒂瑪。花蒂瑪也看到了大洋，大聲哭叫，大洋本想向她招手告別。但他忍不了心，沒那麼做，風箏飄得又高又遠，消失在雲中。

火浴

林大洋回到吉隆坡的湖濱公園，樹木依在，一排排的旅人蕉，還有葉子像棕，幹像竹的植物，至今叫不出它的名字，樹幹上有一節是鮮紅的。其他的紅色，和它一比，都退了下來。這個紅色令他想起一件女人的衣服。

當年，湖濱開了一家著名的燒雞店，生意興隆，一天可以賣數百隻雞。整個小山坡佈滿了座位，客人來了一批又一批。林大洋孤單坐下，聽到鄰桌年輕男女的嬉笑，好不羨慕。

微風陣陣，桌上點不了蠟燭，又沒電線拉來，一切在黑暗中進行。湖邊離開山上那間巨大的燒雞店很遠，店員和客人怎麼溝通？唯有靠擺在桌上的餐具，呼喚侍者時，拿起小湯匙輕輕地敲着玻璃杯緣，發出清脆的響聲，馬來侍者便會趕着來為你接單。這裏一桌，那邊一桌，客人催促起食物時，敲聲響個不停，有如一首原始的交響樂。

林大洋一向好奇心重，想知道這家燒雞為甚麼做得那麼好，在等待食物來臨之前走到廚房看看。

一個頸項戴了幾條粗大金項鏈的胖子在督促員工，這個人是老闆吧。地下擺着鋅板，板上鋪了燒紅的炭，雞用鐵叉串起來，像烤乳豬一樣，工人不斷地把鐵枝轉動，雞肉烤得微焦，皮也發出芝麻般的小泡沫。

老闆看到客人在觀察，自豪地：「我們的雞，是全馬來亞最好的，你摸摸看就知道。」

說完雙手各抓了一隻光雞，像摸女人乳房似地揉着，實在猥褻。

「好吃的秘密在現劏現燒。」老闆說完帶林大洋到另一邊去看，上萬隻雞知道性命快要終結，拼死啼叫，工人抓了幾隻，在眾雞面前割斷喉管，鮮血噴出，簡直是一個小型地獄。

回到座位，燒雞已擺在桌上，林大洋忽然覺得一陣噁心，不想去碰，其他客人用手撕之，一人拉下一條腿、一隻翼，更把雞胸肉吃得淨光。

林大洋轉過頭來，忽然，坐在他對面的是一個女人，把大洋嚇得一跳。

成熟得像快要從樹上掉下的果實，這個女人的身體是在她的全盛時期，面貌美艷炫目，身上披着件紅色的大袍，是絲質的布料。風中飄動，像燃燒中的火燄。

林大洋正感寂寞時出現了這麼漂亮的一個女伴，大喜，單刀直入地：「我不知道你是誰？從甚麼地方來的？今晚我可不放你走。」

女人笑了，嘎嘎大笑，笑聲和她的美貌不同，非常沙啞，一笑笑個不停。

「你是抓不住我的。」女的說。

林大洋一開口就遭挫折，很是失望。

「但是我自己給你，又不同，」女的又笑了，嘎嘎嘎嘎，笑得眼邊出現了皺紋。

「美人也終於要遲暮，」林大洋心想，沒說出來。

對方好像感覺到，伸手摸一摸臉，自言自語地：「是時候變一變身了。」

「你說甚麼？」大洋詫異。

女的沒有回答他。

「你吃一吃燒雞吧。」大洋把桌上的食物推到她面前。

「我是不吃我的同類的。」女的說。

「甚麼？」大洋又驚叫起來：「同類？雞是你的同類？」

女的點頭，正經地：「也可以說是我的遠房親戚吧，今晚，我特地來到這裏，是聽到她們的呼喚，我是來為她們報仇的。」

嘎嘎嘎嘎，女的用手指在桌面上一劃，劃出一道火燄來，看見林大洋嚇呆了，女的更樂，再伸出一指，草地也着了火，鄰桌顧客慌忙避開。

女的拉着大洋的手：「我們跳舞去！」

說完用手指着椰子樹集中精神，腦部膨脹起來，一聲巨響，火燄彈從指中射出，擊中椰子樹，爆炸開來。

不知甚麼人按了警鐘，鈴聲大作，全場躲避，女的玩得興起，這邊一指那邊一指，油棕樹、橡膠樹，全部燃燒，整個湖濱公園燒紅起來。

看到山上的燒雞店，女的雙手合併，作舉起武士刀姿勢，大力劈下，整間店被火燄破開兩邊，看得燒雞店老闆衝了出來，女的再用幾道火射去，老闆大叫，全身被燒得發出小泡，是芝麻皮。

嘻嘻嘻嘻大笑，女的越笑越年輕，笑得自己也被火燄包裹，非常享受這種火的沐浴，變成一個狂舞的少女。

火燄縮小，少女走來抱住大洋。林大洋有點吃驚，少女說：「別怕，我們還有個秘密，很少人知道，除了火，愛情也令到我們更年輕。」

「不會變為未成年吧？」大洋打趣。

「不會。」少女說完依偎在他身上。

兩人手牽手，走遠。背面一場火海，還在燃燒。

時辰仙子

林大洋去了曼谷，下榻東方酒店，出來散步，走向一個小菜市場的途中，看見一家商店，裏面賣的都是落地大鐘，外國人稱為老祖父老祖母鐘。

小時家裏也擺了一個，林大洋看它像個企立着的棺材，有很不祥的感覺。時常作惡夢，夢到鐘裏跳出來一個老鬼，枯枯瘺瘺，到來抓他。人長大了，還有陰影。

在市場中買了水果回酒店吃，又經過這家鐘鋪，林大洋忽然向自己說：「不如面對一下，克服這個恐懼的心理，要不然整世人都有不舒服的感覺！」

看時間就快到打烊，大洋閃身一躲，躲到大鐘後面，動也不動。

夥計熄了燈，把店門關了，林大洋才出現。

向着最大的那個掛鐘，大洋說：「喂，你是甚麼妖魔鬼怪，出來好好地談個清楚！」

一陣銀鈴般的笑聲，從鐘裏走出來的，是一位美得讓人自慚形穢的少女。

「呸呸呸，怎麼開口閉口都是鬼鬼鬼？我才不是鬼，是仙。我叫時辰仙子，在天上專管時光的。」少女說。

「那麼你跑到人間來幹甚麼？」大洋問。

少女嘆了一口氣：「我們本來在上面好端端的，你們人類發現了我們的影子，還刻了字，分成十二個時辰，就把我們抓住了。」

「日晷是我們一個偉大的發明。」大洋說。

仙子不得不承認：「沙漏、滴水都不錯，而且很有詩意，但是一到數碼鐘錶，就大煞風景了。」

「其實時辰也是抽象的，愛恩斯坦的相對論說：上課的時候，感到時間很長；和愛人在一起，感到時間很短。」大洋說

「這我們早就知道。」仙子說：「所謂快活，不就是這個道理？活得高興，時間就過得快。還有，我們做仙人的，無憂無慮，在天上活一日，就等於你們人間十年。如果你活得不快樂，那就是度日如年了。」

「為甚麼別人看不到你，只有我看到你？」大洋問。

「你很守時，對我們很尊重，所以才有這種緣分。」

「那是我爸爸教的。」大洋說：「是了，我爸爸去世，做了神仙沒有？」

時辰仙子說：「我叫姐妹們替你查查看。」

不消一會兒，報告來了：「你爸爸做了神仙。」

大洋很高興，落地鐘的針轉得極快。

「我也要試試看做神仙的滋味。」大洋說。

仙子正經地：「你還沒死，不能移民。」

大洋聽到神仙也用移民這兩個新派字眼，笑了出來。

「其實，你何必羨慕我們？你在人間也照樣可以活得快樂呀，這已經是神仙了。」時辰仙子說。

「你整天躲在鐘裏，不寂寞嗎？」大洋這一問，問到時辰仙子心裏頭去。

「你……你想些甚麼？」仙子開始迷惑。

忽然，由其他的落地鐘裏跑出了三個妖艷的女人，酥胸半露，糾纏着大洋。

「我叫不安。」

「我叫焦急。」

「我叫恐慌。」

三個女人同時報上姓名來。

大洋感到半夜闖進人家的商店，給警察抓住了怎麼辦？

彪形大漢的泰國刑警，一聲不發，就拔出那管閃亮的伯雷達手槍，裝上十六顆子彈的彈匣，拉了撞針，咔嚓一聲，對準大洋的太陽穴。

小時給老師的責罵，喪父的悲痛。年邁的母親，能活多幾年？

思春期的初戀失敗。幾十年的老友，把一生儲蓄騙去，官司一場打了又一場。

年老，身邊無錢。不如就接受刑警這一顆九米釐的子彈，早走早好。

咚，咚，咚。

落地鐘發出鐘聲，有如禪寺傳來。不安、焦急和恐慌在尖叫中消失。

時辰仙子溫柔地把大洋喚醒：「她們都是我的姐妹，一直跟着我身邊。像我一樣，我們都是抽象的。一切，不去想它，就不存在。」

大洋點頭，順勢一把將時辰仙子抱在懷裏：「你還沒有回答我的問題。」

「好，我答應你。」時辰仙子漲紅着臉。

「不過，」大洋說：「我不知道我能不能令你滿足。」

「通常你有多少能耐？」仙子問。

「十分鐘吧。」大洋謙虛。

時辰仙子又是一陣銀鈴般的笑聲：「我們上天去做十分鐘，人間已是五萬二千五百六十分，合八百七十六小時，一共有三十六天半，還不夠嗎？」

公孫十娘

林大洋年輕時和友人組織了電影協會，一起研究外國的冷門名片。

有年忽然傳來流行感冒症，細菌特別厲害，變成肺炎的例子很多，電影協會的一群朋友病死幾個。好在這時林大洋已出洋留學，不然輪到他病倒，也不出奇。

學成歸來，林大洋回到那家專門放映藝術片的電影院看戲，懷念起病死的友人，不禁悲哀，雖然放的是一部喜劇，他卻嚎哭起來。

有一個人把紙巾遞給他，林大洋一看，差點嚇死，那不是占美朱嗎？但是占美已經病死的呀！

「你……你找我幹甚麼？」大洋問。

「我雖然是鬼，但是照樣是你的朋友，不會害你的。」占美說：「你有一個外甥女，也是病死的，我和她拍過拖，很想和她結婚，但是她媽媽是一個老古董，說要有媒人才能談婚事，所以來這裏請你幫個忙。」

林大洋豁達，即刻答應，拖着占美的手，不等電影放完就溜走，一生人沒做過鬼媒人，多有趣！

占美帶路走進一片竹林，來到一間大屋，敲了門，林大洋的外甥女秀秀出來開門，一看到他，叫了一聲舅舅，問說娶了舅媽沒有？大洋搖頭。

事不宜遲，林大洋馬上找到秀秀的媽，為占美談婚事，很順利地選了好日，就舉行起盛大的鬼婚禮。

筵席之中，前來祝賀的都是鬼，林大洋以為大家吃的是香火蠟燭之類的東西，幸虧和活人的酒菜一樣，才放懷大嚼，並喝了很多酒。

這時有一位很美麗的少女出現，林大洋看得呆住，少女走向新郎新娘處祝賀。

外甥女一把抓着少女的手，替他們介紹：「這是我的舅舅，不是外人。舅舅，她叫公孫九娘。」

「公孫九娘？」林大洋笑了出來：「好一個小說人物的名字。」

「我複姓公孫，已經轉了九世。」少女解釋。

「九娘不是現代人。」外甥女說：「我們做鬼的，可以穿梭時間，古人今人，都可以交朋友。

「真羨慕你們。」林大洋說的可是真心話。

「九娘琴棋書畫都行，最適合和你交朋友了。」外甥女大力推薦：「我這個舅舅從小就愛看書，你們可以談談詩詞、繪畫。」

和九娘一起坐下，林大洋問：「你怎麼跑到這個摩登世紀來的？」

「我們那時候的人，最遺憾的就是看不到電影，它糅合了攝影、燈光、音樂和文學的藝術，實在是一個很偉大的發明。」

聊起電影來，從《波堅金戰艦》到《北非諜影》到《大開眼戒》，客人都散了，剩下他們兩人。

「你今晚就陪我舅舅睡覺吧。」外甥女說。

林大洋聽了呆了一呆。

「我們做鬼的，比你們凡人乾脆。」外甥女說完為他們安頓在一間很雅致的房間。

林大洋心想既然做鬼的做事乾脆，就不客氣地抱着九娘親嘴。啊！可真是甜的。順帶將九娘的上衣解開，露出嬌小，但是粉紅的乳首。

「我沒帶安全套。」林大洋忽然醒覺。

「我出生的那個年代，還沒有愛滋病這一會兒事。」九娘帶羞說。

大洋大喜，正要摸下去。

九娘輕輕地推開他：「但是，人鬼還是不可以做那一件事的。」

「我外甥女叫你陪我睡覺的！」大洋抗議。

「是呀！」九娘笑了：「沒有説過你們現代人所謂的做愛呀！」

到這種關鍵，大洋豈肯罷休？一下子掀起九娘的裙子，嚇得一大跳。

只見九娘下半身是透明的，但是有很多點紅點跳躍着。

大洋說：「那……那是甚麼？」

「這是我腿上的紅痣。」九娘解釋。

遇到美人魚的痛苦，林大洋切身感受，無奈，只有抱着九娘，深深嘆氣：

「我們就這樣睡吧。」

「一般男人，會叫我們用其他方式替他們解決，你沒有，人還算有禮貌，我喜歡。」九娘說：「我就快投胎，總有一天報答你。」

林大洋醒來，睡在意大利翡冷翠的一家旅館的床上，剛才發生的，是幻覺，還是夢？如果是真的，也是十八年前的事。

門鈴響，大洋跳下床去開門。

一個揹着背包，穿牛仔褲的少女站在門口。

「九娘？」大洋簡直不相信自己的眼睛。

少女搖頭，大洋好生失望，但她一聲不出地走進來，把大洋推在床上，脫掉他的衣服，大洋也迫不及待地拉下少女的牛仔褲，大腿白雪雪，是人，不是鬼。

但是，大腿上有很多顆紅痣。她緊緊地抱着大洋，在他耳邊細語：「我是十娘，轉了十世。」

鬼飲食

林大洋難得在家裏休息，倒了一杯伏特加，想找一些東西送酒，打開冰箱，看到一碟鮮紅的菜，原來是水煮豬腦，又辣又麻，入口爽滑，真是天下美味。

「怎麼會有一碟這種東西？」他知道這一定不是菲律賓家政助理的手藝。

「我也不知道是誰擺在裏面的。」史斯特拉說。

家中只有林大洋和她兩人，難道有鬼？大洋才不管那麼多，吃了再說。

過了一陣子，林大洋走在街上，肚子餓了，想吃一碗雲吞麵，看見馬路對面有一家連鎖式的麵家，也就走了進去

麵條乾癟癟，雲吞也都是蝦，沒有肥瘦豬肉餡，吃得悶出鳥來。大洋看牆上的菜單，寫着水餃，再來一碗試試。

上桌一看，紅色液體滲在水餃中。吃進口，又香又辣。咦，這不是紅油抄手是甚麼？

「我叫的不是這一道菜。廣東麵家怎麼做得出？」大洋問。

侍者也摸不着頭腦，把師傅叫了出來。師傅説：「我沒有做過呀。」

林大洋有點納悶，但也很滿意地咬着牙籤走出去。

再下去的一些日子，辣的食物不斷忽然出現，像大洋去了新加坡，叫海南雞飯時，竟有一盤蓋滿辣椒乾的辣子雞丁上桌。

最近一次到了泰國，在曼谷的名餐廳中，侍者捧出一碟魚腥草來。這種植物有一陣強烈的味道，也叫豬屁股，討厭的人掩鼻而走，愛吃的無它不歡，調着麻和辣，要是做得好，就知道這餐廳是正宗的。

「你一定是四川鬼，快替我出來！」大洋已經忍不住，大喝一聲。

嘻嘻，一位美少女無中生有坐在大洋對面：「你猜得一點也不錯，我是四川來的，叫慕君。」

大洋想起四川的歷史人物：「愛慕卓文君，所以叫慕君？」

「對。」慕君説：「我看過你一篇文章，先寫失傳的美食，最後點出與其保護瀕臨絕種的動物，不如保護瀕臨絕種的食物，非常同意，就像卓文君聽到了《美人賦》一樣，一直想見你。」

西漢的司馬相如，是位辭賦家，蜀郡成都人。真性情，喜飲食，在街邊吃到美味的小食，手舞足蹈，市人見怪不怪。

著作文字甚美，大都描寫庭花之盛，原野之樂，但在文章結尾常帶出奇寓諷諫的味道。

司馬相如有個晚上喝得半醉，不過癮，但食肆已關門，他潛入做酒商人卓家後院，想偷喝幾杯。月光下，樹影搖動，有如少女舞腰，寫了一首《美人賦》，高聲吟頌，給卓家小姐文君聽到了，暗記下來。

從此，司馬相如每到一處，必有送酒的小菜出現，並把他作的那首詞賦譜成曲子，流傳起來。司馬相如說當晚沒有人，一定是給鬼魂偷聽了。吃到的菜，也應該是鬼做給他的，稱之為鬼飲食。

鬼飲食在四川流傳至今，都帶鹹、帶辣、帶麻，普通吃太過刺激，送酒就恰到好處。

「你把我當成司馬相如了？」大洋笑着問她。

慕君低下頭，有點忸怩：「我怎能和卓文君比？不過我從小就愛做菜，母親和奶媽下廚，我一定站在旁邊看。長大之後也跟過幾位出名的大師傅學燒菜，立意要開一家四川最出色的餐廳，可惜後來病死了。你試過我的手藝，怎麼樣，還可以吧？」

「豈止可以，簡直是一流。」林大洋高帽一頂，把慕君弄得滿懷高興。

「我是鬼，你不怕我嗎？」慕君問。

「不怕，我吃了你做的那麼多東西，也沒有吃出毛病來。」大洋說：「故事裏的人物，遇到了鬼，就一直消瘦下去，我反而吃出一個小肚腩。」

慕君又笑了：「不過，我還是要害人的。」

「你要害甚麼人？」大洋有點驚訝。

「我要害你家裏的史斯特拉，讓她拉肚子拉個不停，做不下去，我就去替工，服侍你的飲食。」慕君一半正經，一半帶笑說。

「司馬相如最後和卓文君做了夫妻，我們也向他們學習吧。」大洋說完去握她的手。

慕君閃開：「你抓到我，我就和你洞房。」

喝了酒，大洋輕飄飄追隨着慕君的背影，奪門而出。經過花園，跑近噴泉，身體的每一個部份的神經都沉溺在最喜悅和興奮的狀態。

大洋終於抓住了她，兩人躺在草地上。

「吃飽了不做做運動，對胃不好。」慕君解釋為甚麼要做這場追逐的遊戲。

「另外一種運動，也是一樣的。」大洋說完把她緊緊地抱住。聽到慕君的喘氣，迫不及待地解開她的衣服，進入了她的身體，像火爐一樣熱烘烘。

「是不是吃慣辣椒，才有這種現象？」大洋問。

慕君迷迷糊糊輕聲回答：「所以做給你吃的，也都是辣。」

王十娘

林大洋這個人一生好吃，又吃不胖，很多朋友都羨慕他，包括我。

一天，我們一齊旅行，到長江沿岸的一個小鎮吃河豚，我忍不住：「一直想問你，到底是甚麼原因？」

「很多年前，我已經來過這裏，目的也是吃河豚，大家都說日本的河豚最好吃，但都是海魚，哪像這裏的鹹淡水交界的肥美？」他說。

「這和你吃得胖不胖有甚麼關係？」我不耐煩地。

「你聽我說下去嘛。」以下，是林大洋的故事：

我吃東西有一個習慣，那就是每享受一餐美食之前，一定舉起杯，灑幾滴酒在桌子上，紀念自古至今的老饕，沒有他們的鼓勵，大師傅們做不出那麼好吃的菜。

在來到這家餐廳的時候，一個人坐在大堂吃好了，那晚下了大雨，沒有客人，老闆就招呼我在這間貴賓廳坐下，親自下廚去燒幾道菜。

等菜上桌，我又在桌面上灑酒，這次出現了一個很奇怪的現象。桌上那個圓盤，自己轉動起來。我低下頭去看，也不見甚麼電線、乾電池之類的東西。正在納悶，那個圓盤越轉越快，忽然，圓盤上出現了一個影子，轉動之間，形象逐漸清楚。一下子停止，圓盤上坐着一位少女，裙子因為轉動得太快而掀起，露出潔白又修長的小腿。

少女很不好意思地把裙子蓋好：「失禮了。」

鬼魂我見得多，不比人類恐怖，我向她說：「下來喝杯酒吧。」

「每次被你請喝酒，不知怎麼報答。」少女飛身下來後自我介紹：「我叫王十娘，有一個哥哥，叫王五郎。」

「是《聊齋誌異》中那個王五郎嗎？」我問。

「對，」王十娘說：「你的記性真好。」

這時老闆已經把河豚煮好，一碟紅燒，一碟清炒，另外一大鍋河豚粥。少女消失，等老闆走後又出現，我們一面吃東西一面聊天，有她作伴，是人是鬼又何妨。

「你是怎麼死的？」我單刀直入地問。

王十娘輕描淡寫：「蘇東坡説拼死吃河豚，他運氣好；我也拼了，結果毒死的。」

我聽了感到滑稽，笑了出來，十娘也不介意，跟着笑，又喝了很多酒。

門外傳來一陣嘈雜：「房間裏明明是一個男人，怎麼有女子的笑聲？」

「是鬼！」夥計們大叫。

大夥兒都嚇跑了，王十娘和我落得清靜，繼續喝酒。

王十娘對飲食的知識實在豐富，講了許多失傳名菜的做法給我聽，向她學到不少。

「我們相處的時間不多，但是好像認識了幾十年的老朋友，可惜我就要走了。」王十娘的語氣忽然變得非常悲傷：「明天有人代替我，我可以投胎去。也許，十八年後，等我長大，再來找你。」

這麼一個大美人，剛來了又要走，真是可惜。想起看過她的小腿，有點動心，就去親她的頸項。

王十娘的反應比我劇烈，緊緊抱住我，喃喃地在我耳邊說：「給你，給你。」

「我們回客棧去。」我說。

「等不及了，就在這裏，就在這裏。」十娘叫了出來，轉過身去，一手把圓盤上的菜餚全部掃在地上，躺了上去。

我不是甚麼正人君子，到了這個地步，當然做當然的事，那個圓盤又開始轉動起來，越轉越快，正在我們的高潮來時，忽然停止，王十娘也消失得無影無蹤。

我回到旅館昏昏睡去。

第二天醒來，已經十點多，肚子餓得咕咕叫，原來那河豚一點也不油膩，像沒吃過東西，還是回到昨晚那間小店，再大擦一餐。

剛剛走進去就見一大群人嚷嚷吵吵，圍着一個大肚子的婦人，她被魚骨鯁住，臉已發青，就快斷氣。

我想這就是王十娘說的替死鬼吧，死了豈非一屍兩命？實在不忍，我把眾人推開，從後面將她的腰抱着，大力壓她的胃，另外伸手指去挖她的喉嚨。波的一聲，一大塊骨頭從婦人的口中吐出，她才開始喘氣，臉上血色恢復，平靜後拼命向我叩頭。我不覺自己做了甚麼好事，反而是害了王十娘，心中難過，掉頭就走。

身後唉的一聲長嘆，王十娘出現，我不停地向她道歉。

「我不怪你。」她說：「如果你不救她，我也不會讓她們死的。」

這時天空傳來一聲很大的響雷。

王十娘大喜地：「上天已經答應我，不必找替身也能投胎了。」

「恭喜你。」我也替她高興，但想起十娘又要走了，又黯然。

「別難過。」十娘說：「我送你一件禮物，一生受用不盡。」

「所以你一生人怎麼吃都吃不胖？」林大洋還沒把故事說完我就插嘴。

大洋點點頭。

他的故事真是難以置信，我想是因為我們吃了河豚，他臨時想出來騙我的。

真也好，假也好，好聽就是。管他那麼多幹甚麼？

巧娘

林大洋有個好朋友，姓傅，名新廉。

傅新廉是位畫家，很有才華。林大洋很欣賞他，珍惜兩人之間的友情。

但是，個性完全不相同，大洋豁達樂觀，傅新廉則不多話，很內向。

有一天，傅新廉終於向大洋說出真相：「我……我那話兒很小。」

「大小根本不是問題。」大洋安慰他：「問題是會不會硬！」

「我……我不知道，從來沒試過。」新廉說。

大洋有好幾個女朋友。向新廉建議：「我介紹你一位叫巧娘的女子，她最溫柔，也許能幫助你克服心理障礙。不過，我得事先聲明，巧娘和我有一段情，你不可以介意。」

傅新廉沒回答，大洋就當他是默許了。

下一回的飯局，大洋帶來了三個女子，個個都長得很漂亮，但最文靜的，是巧娘。

吃完飯後，大洋在新廉耳邊說：「我已經和巧娘講好了，你等一下送她回家，就跟她上樓吧。」

新廉緊張得不得了，巧娘不當一回兒事，走進了她的閨房，新廉看到佈置得很精美，一塵不染。

巧娘指着床：「你先睡上去，我換件衣服就來。」

說完巧娘走進了浴室，新廉心跳個不停，幻想巧娘透明的睡衣。

走出來，巧娘已經穿了一件緊身的運動衣，由頭包到尾，甚麼東西都看不見，新廉大失所望。

巧娘開始為新廉按摩，主攻他的脊椎六穴：肺俞、心俞、膈俞、肝俞、脾俞和腎俞，以及肚腩對正的命門穴，新廉感到舒服無比。

「你一有空就來，別偷懶。」巧娘說。

新廉點頭，從此差不多隔一兩天就到巧娘那裏，人健康了，贅肉也減少了。

父母親看到新廉一天天的瘦下去，有點替他擔心。

有一天傅新廉遇到一個有地位的相士，向他說：「不好，看你的神態，你是給鬼怪纏上身，我這裏有道符，你拿回去保護自己。」

傳新廉知道和巧娘之間的關係完全是正常，哪像傳說中被鬼吸了精？聽完一笑置之，但人家一番好意，就把那道符帶在身上，又去找巧娘。

「我和你的緣分已盡。」巧娘看到了那道符後說：「你對我產生懷疑，我今晚替你做最後一課，從今之後，別來找我。」

新廉大驚，百般解釋，說甚麼巧娘也不依，翻開藥箱，找到了一粒黑色的藥丸，自己放在嘴中嚼爛了，親着新廉，用舌頭送藥過去，新廉覺得一股熱氣直衝下體，堅硬了起來。

「你走吧。」巧娘推開他：「找別的女人去試試。」

新廉死都賴着，哀求道：「我要的只是你一個，不管你是人也好，鬼也好。」

巧娘笑了出來：「老實告訴你吧，我不是鬼，我是一隻狐狸。」

「狐狸？」新廉嚇得一跳。

「林大洋身邊的女人，不是鬼就是狐狸，有甚麼好大驚小怪的！」

說得也是，傅新廉想開了也不管甚麼，向巧娘說：「你嫁給我吧。」

巧娘大為感動，新廉拉她上床，新開刃的刀，初試鋒芒，其鋒利可想而知。

巧娘也得到了無限的滿足。

擇選了吉日，傅新廉大擺宴席——座上客，當然少不了媒人公林大洋。送上一份厚禮，大洋替新廉高興，這時新娘子走了出來，見到大洋，淌下眼淚，在大洋的頰邊深深一吻，眾客為之側目。

傅新廉也看在眼裏，腦中出現自己的老婆和林大洋做愛的動人姿式，又像見到巧娘高潮出來的樣子。

婚後傅新廉悶悶不樂，和大洋逐漸疏遠。巧娘知道新廉的心結不容易解開，暗暗嘆息。

過了數年，傅新廉的父親患癌症去世。喪禮上，有一位很端莊的女人前來拜祭，和新廉的媽擁抱後，哭得好傷心好傷心。

「媽，她是誰？」新廉問。

「她姓葉，是一隻狐狸。」新廉的母親說：「這些年來我一直想不開，嫁了給你父親後我沒快樂過，我很恨她，但是今天看到她對你爸爸那份感情，我才知道我錯了，到底，他們先結識，做過甚麼事，也是應該的。我原諒她，原諒你父親，但是已經太遲了。」

傅新廉聽完這段傷心事，反而大樂，他緊緊地抱着巧娘。

和林大洋的友情恢復了。有時，新廉還暗示妻子，如果想和大洋重溫舊夢，他也答應。巧娘笑而不語，林大洋又常介紹些新認識的狐狸和女鬼給新廉當情婦，但是對於巧娘，再也不做任何不軌的行為。新廉心中感激。向林大洋說：「你死去那天，巧娘也會來拜祭，一定哭得很傷心。」

「去，去，去！」大洋笑着咒罵：「你死我還不死呢！」

說完兩人大笑，喝酒作樂去也。

靈小姐

林大洋正在寫回憶錄，已經深夜，坐在桌上，隻字不出，苦惱萬分。

忽然，一個影子在他面前晃來晃去，他起身跟蹤。影子越來越清晰，原來是個白衣少女，給他一把捉住，抱在懷裏，聞到她身上一股幽香。

「你叫甚麼名字？」大洋已知道對方是一隻女鬼，但一點也不害怕。對女人，他沒做過虧心事。

「我姓煙。」女鬼說。

「哪有人姓煙的？」大洋問。

「我還叫士披里純呢。」女的說：「是你們的文學家梁啟超替我取的洋名字。我本姓靈。」

「靈感的靈？」

「對。」靈小姐點頭。

「那你不是一隻女鬼。」大洋說：「你是天下藝術家追求的美夢。」

「太誇獎了。」靈小姐說。

「你讓我給抓到，今後寫東西源源不絕，我發達了。」大洋叫了起來。

「現在出現，等一會兒就消失，還不好好和我談談天跳跳舞？」靈小姐調皮活潑。

「我沒興趣聊天跳舞，我一定要在截稿之前把這篇東西趕完，你幫我忙吧。」大洋正經起來：「我需要你。」

哈哈哈哈，靈小姐笑得花枝招展：「你們作家老愛開玩笑。需要我？那是藉口！到最後想做的事還是能做到，說沒有了我寫不出，騙人又騙自己。」

「寫得出，但是不一定寫得好。」大洋說。

靈小姐點頭：「那倒是真的。」

「你幫我把這篇東西弄得精彩，對得起讀者。」大洋要求。

「好呀。」靈小姐說：「怎麼才叫精彩呢？」

「讀者最愛看的是甚麼？」大洋反問。

「性呀！」靈小姐回答。

「那麼我們先來一下吧。」大洋說完又去擁抱她。

「一、二、三就來，低級趣味。」靈小姐逃掉。

「要怎樣才行？」大洋問。

「越不容易得手，越珍貴。你們男人有這種德性，做完了就想睡覺，女人不同，不，我是說連女鬼也不同。像拍色情電影，開門見山，又有甚麼樂趣？衣服一件一件脫，脫得越慢越好，又省本，又不花錢，懂情趣的人，會慢慢享受。」

「女人，不，我說女鬼也一樣，」大洋說：「都說我去沖個涼，跑到浴室裏面一二三連化妝也洗掉，包着毛巾走出來，又談何情趣？」

靈小姐也笑了：「你記得一點也不錯。我們來玩這個遊戲吧。讓我猜猜你要先脫我哪一件衣服？」

大洋走過來，溫柔地把她的髮髻解開，讓靈小姐的長髮披肩。

「高招。」她讚許。

大洋看到靈小姐的後頸，有些短毛髮軟軟柔柔地倒方向長着，衝動了起來。這時，忽然有個奇異的現象產生，靈小姐的腳不見了，整個人像浮在地面上。

「不好了。」她說：「再下去，我整個人就消失。」

「那你快點幫幫我。」大洋說。

靈小姐的眼珠一轉：「真不巧，這幾天是我不方便的日子。」

大洋大失所望，靈小姐的腳又長回來。大洋已知道是她使計，笑着用同樣的語言說：「高招。」

「不過剛剛過去，不知道乾淨了沒有？」靈小姐又挑逗，腳再次不見了。

「我們進房去。」大洋去拉她的手。

「為甚麼一定要在床上？」靈小姐問：「書桌上不行嗎？」

「好建議。」大洋說完伸手掀開她的裙子，但整條小腿已消失。大洋感到有點恐怖。雖然他甚麼都試，但是和沒有小腿的女人做愛，到底是第一次。這時，靈小姐的腿和腳又長回來了。

「這不是辦法呀。」大洋叫了出來。

靈小姐的呼吸急促，輪到她衝動起來，把大洋抱着在他耳邊輕聲地：「讓……讓我把腳夾在你的後面，你就看不到了。」

大洋也已經控制不了自己，大力將靈小姐擺在書桌上，坐着零亂的稿紙，管它有沒有脱衣服的情趣，一下子火山爆發。

靈小姐低吟，身體逐漸稀薄，最後人影也看不到。

「搞到你沒把稿寫完，真不好意思。」她道歉。

天亮了，已經趕不及傳真給畫家做插圖，大洋說：「不關你的事。」

只聽到室中一個聲音，「你看看你的稿紙。」

噫？點點精液，化為文字，一篇文章出現在眼前。大洋苦笑，自嘲地：「寫得出，但是不一定寫得好。」

火山珊珊

天氣很熱，林大洋一身汗，站在猛烈的陽光下等的士，截不到，已四十五分鐘，真是有點懊惱。司機有事請假，他大方應許，想不到有這種收場。思想一變，當成在夏威夷日光浴，又自得其樂起來。

忽然，有一輛的士停在他對面，林大洋匆忙過馬路去搶，迎面來輛貨車，差點把他撞死。

從的士走下來的是一位美女的話，至少可以消消氣，但是出現的是一個小胖子，七八歲左右，穿着校服。

「小孩子坐甚麼的士？」大洋心想：「都是給你們這些小學生搶光了的士，才沒的士坐。為甚麼不學別的學生乘校車？或者等巴士？」

小胖子慢條斯理地付錢，拿出一張五百塊的巨額鈔票，讓司機找贖。

「人家父母有錢，叫兒子乘的士，有甚麼罪？」林大洋又改變思想：「要是兒子是你的，你沒有空去接他，叫他自己回家，一定要他等巴士嗎？」

想到這裏，林大洋笑了起來。

司機找了錢，向小胖子多謝一聲，他不瞅不睬。這時，手上抓的碎銀，掉了一個五毛錢的銅板在地上，小胖子做了一個不屑去拾的眼光，頭也不回走開。

林大洋一時衝動，曲屈着食指和中指，用骨頭往小胖子的頭敲了一下，命令道：「拾起來！」

小胖子莫名其妙地望着大洋？？？

「五毛錢也是錢，都是父母辛辛苦苦賺回來的，不可以對這五毛錢那麼不尊敬！」大洋喝道。

乖乖地，小胖子蹲下去拾那硬幣，臨走時眼光狠毒地望了大洋一眼。

的士早已走掉，大洋怪自己多事，又生起氣來。

哈哈、哈哈，大洋身後一陣鈴聲的笑，轉頭，是個身材嬌小的少女，笑得甜美。

？？？，輪到大洋不知說甚麼。

「我看你很久了，又氣又笑，你真是一個怪人。」少女說：「不過，我贊成你的看法，要是我，對這個小胖子不會那麼客氣。你好，我叫珊珊。」

少女伸出手來，大洋握着，傳來燭火的炙熱。

大洋已經不急着趕路，站在石栗樹蔭下，兩人交談起來。少女的口音不純正，林大洋一向能由對方的相貌和衣着猜出對方是日本人、韓國人，或者由南洋哪一個國家、大陸哪一個省份來的女子，但對珊珊，他怎麼看，也看不出來。

「你是甚麼人？」大洋直接問道。

「我不是人，我是鬼。」珊珊回答得很直接。

「你是鬼？」大洋語帶輕佻：「那我不做人了。」

珊珊笑得彎了腰，把身世娓娓道來：「我從小就長了一個嫉惡如仇的個性，甚麼事一看不順眼就大發脾氣。學校裏老師瞧不起窮學生，就給我指着鼻子罵；弟妹欺負家裏的傭人，我一巴掌打過去；長大了一面讀書一面當義工，為民請願。有甚麼不平的事，我就和大家一起抗議，常和警察衝突，鬧得頭破血流，朋友們為我取個花名，叫我火山珊珊。」

「好一個火山珊珊。」大洋讚美。

火山珊珊繼續說：「脾氣越來越暴烈，起初是白天潑紅色的油漆，後來變本加厲，有一次半夜到政府大樓去潑火水，沒燒起來，一不小心，反而把自己燒死。」

哈哈哈，輪到大洋笑了起來，怎麼樣也不相信珊珊的故事，珊珊漲紅了臉。

這時對面出現了五個人，是小胖子帶了一對珠光寶氣的庸俗中年夫婦，還有一個像司機，一個像公司職員的大漢，往大洋和珊珊衝來。

「就是他打我！」小胖子指着大洋。

兩條大漢從身後拿出了棒球棍，舉高起來。小胖子的父母大喝：「替我打！」

大漢們衝前，大洋做好姿勢擋架，但反而是珊珊用身體保護住他。說時遲那時快，珊珊伸直一指。突然，從手指噴出火山般的烈燄，轟的一聲，大漢焦頭爛額，連小胖子父母的眉毛也燒得精光。小胖子嚇呆了，嚎哭起來，五個人像垂尾狗落荒而逃。

「你現在相信我是鬼了嗎？」珊珊問。

大洋說不出話來，一直點頭。

「你不怕？」珊珊又問。

大洋說不出話來，一直搖頭。珊珊笑了。

「為甚麼……為甚麼你又回來人間？」大洋問。

「我……我活着的時候，一直沒有過男朋友，有點不甘心。」珊珊說得坦白。

大洋溫柔地牽着珊珊的手，把她帶回家裏。

床上，珊珊問：「你第一次和人見面，就做這種事？」

大洋搖頭。

「那麼我呢？」珊珊問。

大洋解開她衣服，輕聲說：「你又不是人，是鬼。」

翻雲覆雨，兩個人全身是汗，大洋疲倦了，昏昏睡去，醒來珊珊已不見影子。

惆悵中回想昨夜，大洋聽到珊珊在他耳邊細語：「叫火山的，應該是你。」

伊蓮妮的故事

林大洋一生，周圍有許多美人，如果說到他最愛的，還是伊蓮妮。

伊蓮妮從小聰明伶俐，兩顆大眼睛，溶倒見過她的男女老少，把大家都騙得服服貼貼，心甘情願地為她獻出所有。

毛病來了。伊蓮妮不肯讀書。從父母第一天帶她到幼稚園，她就哭得令人摧心撕肺。最後，她的雙親只有放棄送她進學校的念頭。

補習老師教的，她倒肯學習，只是常把先生問得啞口無言。童話中，她同情的是白雪公主的後母；那隻吃小孩的大狼，她很想養來當寵物。

「哈哈哈哈。」她大笑一輪後說：「灰姑娘那對玻璃鞋那麼硬，我才不要穿。」

每一個小女孩都有長大的一天，十五歲生日時，她把初吻獻給了大洋。

「我從小就愛上了你。」伊蓮妮宣佈。

林大洋即刻把她推開：「我最愛的女人也是妳。但是我不能愛上的女人，也是妳。」

「就因為我是你的表妹？」蓮妮問。

大洋點頭：「我們的血緣，是很深的。」

「但是，小說裏表哥表妹結婚的事經常發生呀！」蓮妮哭了，哭得又是令人摧心撕肺。

蓮妮從小要得到甚麼就是甚麼，沒被人拒絕過。大洋把她抱在懷裏，聞到她的秀髮中嬰兒洗頭水的味道，心中蕩漾，他寧願自己死去，也不想看到伊蓮妮傷心。

天氣炎熱，蟬在枝頭吱吱地叫，兩人額上都流了微汗。

「是時候我去看世界了。」蓮妮說。

「妳小的時候父母已經帶妳旅遊過呀。」大洋說。

「那是你們大人的世界，我要去看我自己的，學我自己要學的東西。」蓮妮說。

「你想學些甚麼？電腦？醫科？法律？」大洋問。

蓮妮搖頭：「理科我都沒有興趣。」

「文學？繪畫？服裝設計？」

「文科我也沒有興趣。」蓮妮說。

「你不如學燒菜吧！」大洋說：「你很小就愛吃東西，喜歡喝酒的，法國有很多好的烹調學校。」

「也許我會考慮。」蓮妮說。

第二天，蓮妮從銀行中取出她往年的壓歲錢，也沒有向父母告別，揹着背包，就上路去。

從此，再沒有蓮妮的音訊。

林大洋浪跡江湖中，每到一個機場，看見少女的背影，都希望她是蓮妮，如果有一天，讓他再看到她一眼，此生無憾，他想。

一年過一年，林大洋失望了。

又是蟬在吱吱叫的夏天。大洋來到了曼谷，入住他喜歡的東方酒店，從套房的陽台俯望着河中穿梭，像一把刀的小艇，覺得頸項很硬，昨夜太疲倦，睡得不會轉身，不如乘船過河，到對面的 SPA 做做按摩。

鈴鐺響，大洋打開門，站在前面的不是伊蓮妮是誰？她的面孔比以前漂亮，一頭長髮披肩，當大洋緊緊抱着她的時候，感覺到她成熟的身體。

「我在菜市場看到你閃過，打電話來東方詢問，果然有你的名字登記，我找上門來了。」蓮妮說。

「你怎麼連一個電話，一封信也沒有？」大洋抱怨：「這些年來，你到底去了哪裏？」

「我去學東西呀！」蓮妮說：「我到了印度，也去過大陸，最後來了泰國。」

「學些甚麼？」大洋好奇。

「學按摩。」蓮妮說：「不過我們愛上這門學問的人，不叫按摩，叫人體運動，我在印度學了瑜伽法，中國學推拿，來這裏的 WAT PHO 學最正宗的人體運動。」

「我剛想到對面去的呢。」大洋覺得好巧。

「我想我的技術比那些女孩子好一點吧。」蓮妮說完把大洋推到床上，解開他的浴袍。

從壓着大洋的雙腳做起，扭腿、彎腰、按肩膀、翻身壓背，蓮妮用雙膝把大洋整個人頂高。大洋全身放鬆，依照蓮妮指示去做，他完全地信任着她，兩人配合得水乳交融，好像一場完美的華爾滋。

最後，蓮妮放平雙掌，按着他大腿的內側，一陣陣的熱氣傳送過來，大洋已經把持不住，身體自然地反應，發出對性愛的要求。

蓮妮呼吸急促地把衣服脱掉，露出往上翹的梨狀胸部，抓着大洋的手去撫摸。

大洋知道一切已經崩潰，不可收拾，但還是搖頭：「不行，不行，沒有做好安全措施，萬一有了孩子，怎麼辦？」

蓮妮笑着說：「我去年患了肺炎，在清邁死去，我不是人，是鬼，鬼和人怎麼會生小孩？」

大洋震驚。

「説笑的。」蓮妮在他耳邊細語：「來吧，你不能再拒絕我。」

大洋進入了她身體，蓮妮輕嘆一聲，接着的是飄入仙境的動作，等大洋快到高潮，她又換個姿式，像一場做不完的愛。

大洋沉睡，醒來，蓮妮已經不見，留了一攤小小的血跡。

這一生，再也沒見過她，蓮妮的確是大洋最愛的女人，或是說女鬼。

木偶美人

林大洋去了米蘭，主要的也不是去買時裝。他對市中心的那座 Duomo 大教堂的建築很感興趣。牆外雕工之細，有如少女的婚紗，在歐洲，甚至全球的教堂之中再也找不到相同的。

住的那家米蘭大酒店 Grand Hotel et De Milan 也古典優雅，林大洋不吝嗇地要了作曲家 Giuseppe Verdi 的套房。躺在床上，似乎聽到大師的歌劇。

連綿的大雨，一下就是幾天幾夜，看教堂不是時候，悶在房中也沒味道，林大洋出來散步。過了馬路，就是著名的名店街拿破崙大道。

世界名牌，應有盡有，但林大洋喜歡的，是大街中的那幾條窄小的橫巷，有些古董店的品味極高，可以看一個下午。

數名工人，把幾個過時的木頭模特兒搬了出來，扔在巷中。現在櫥窗中流行的，是翹起了腳，做跳芭蕾舞姿的新款，這種走天橋款式的已經落伍，躺在地上等待垃圾車來運走。

雨點滴在赤裸的木製人體上，大洋於心不忍，從丟棄在一旁的舊衣堆中撿出完整一點的，替它們鋪上。

忽然，林大洋呆住了。他看到其中一個木頭像向他眨了一眼。

不可能的，是時差作祟吧？

看到地下的木頭人一個個爬了起來，林大洋才更加驚震。

「平諾喬爾也有生命嘛，不值得大驚小怪。」向大洋眨眼的木頭人說：「你好。我叫克勞麗亞。」

其他木頭人也紛紛報上名來，有的和大洋握手，有的親吻他的雙頰，肌膚一接觸，大洋感到她們和真人一模一樣。各自披上舊衣，穿在她們身上，也還是那麼好看。

「今天是我們祖先的誕生日，本來想晚上才偷走拜祭，現在給扔了出來，反而方便。」克勞麗亞說：「走，我帶你去我們的教堂。」

「木偶致堂？」林大洋不能相信自己的耳朵。

「唔。」克勞麗亞點頭。

拿破崙大道上，眾人為之側目，一個東方人被一群又高又苗條，但胸部豐滿的西洋美女包圍着，好生羨慕。

走了不知多久，前面有一個大洞，沒有門扉，群女擁了大洋進去。

看見牆壁的兩旁是無數的巨型肋骨，大洋知道身置何處。

「你猜對了。」克勞麗亞說：「這條鯨魚曾經吞過我們的祖先。死了之後，我們把牠製成標本，現在是我們的教堂。」

成千上萬的木頭人釃集，蔚為奇觀。眾人唸唸有詞：「我們遵守本教的教條：永不撒謊。」

那麼多人膜拜一個小孩子，林大洋感到有點滑稽，忍不住笑了出來。

忽然，一陣靜寂，所有的木頭人都轉過頭來瞪住林大洋，露出憤怒的眼光。

巨像不用吊繩，也自能彈動，伸出指頭對着大洋：「這個東方人是誰？」

克勞麗亞勇敢地站出來，站在大洋的前面，向她們的神平諾喬爾說：「他是個好人。」

「他是人類！」平諾喬爾大叫：「和我們木偶不同。」

林大洋的膽子也大了起來：「製造你的老頭，也不同樣是人類嗎？」

巨像漸漸縮小，變成一般小孩子那麼大，跳了下來，學大人口吻向大洋說：「你講得有點道理。」

克勞麗亞鬆了一口氣，把大洋緊緊抱着。

「禮拜完畢，大家盡情吃喝！」平諾喬爾宣佈。

一片歡呼聲，眾人起舞，整座教堂變成一個的士高。無窮盡的酒菜，喝得大眾醉倒。

「我們也拿點東西吃。」克勞麗亞說。

看見一盤盤的煎炸食物，禾花雀不像禾花雀，鵪鶉不像鵪鶉，大洋問道：「那是甚麼？」

「啄木鳥呀！」克勞麗亞回答。

有硬物敲着林大洋的背脊，大洋轉身過來，看見平諾喬爾。他頑皮地說：「剛才克勞麗亞向我說過，你替她們穿上衣服，我得報答你，今天晚上，我叫木偶陪你過夜，但是你不能貪心，只能選其中一個。」

全是美女，金髮的銀髮的黑髮的，怎麼決定？

林大洋說：「給我點時間和她們周旋一下，等會兒才告訴你。」

不久，大洋拖着個少女，有點像奧特莉·夏萍。

「你的眼光不錯。」平諾喬爾說：「我還以為你會選克勞麗亞呢。」

「克勞麗亞一直向我說她的床上功夫有多好，但是我沒相信她。」大洋說。

「你怎麼看得出？」平諾喬爾問。

林大洋笑了：「很簡單，她的鼻子越來越長呀。」

藏女幽魂

林大洋想起一望無際的草原，自由奔放地騎着馬到處飛馳，是多麼美妙的一種感受，他是一個想做就做的人，當天就從廣州起飛，到了西藏。

看中的那匹，的確可稱之為高頭大馬。林大洋最不喜歡矮小的，認為騎者娘娘腔，一點也不英武。

馬可以租個幾天，對方見他是個遊客，開了高價。林大洋乾脆打聽清楚多少錢，一擲千金買了下來。他的心目中，屬於自己的馬，騎起來人畜都親切。

馬販子把馬鞍和鞭子都一齊賣了給他，林大洋將馬鞭扔掉，這是很對不起馬兒的東西。好馬，哪用得着鞭？

從慢步到奔馳，起初還看見樹林從馬旁擦過。一切在退後，只有人和馬前進，後來到了大平原，沒看對比物，速度有多快也感覺不到。

忽然，馬兒踩到牛的屍骨，一失蹄，林大洋整個人抛出，只見天旋地轉，眼前一片漆黑，昏了過去。

睜開眼，看見一個藏族少女，正在照顧他。

「好了，醒來了，沒事了。」少女嘰哩咕嚕。

「我……我在哪裏？」大洋虛弱地問。

「在我們的營帳裏。地名說給你聽，你也不知道的。」少女用國語回答：「起來喝點羊奶吧。」

大洋糊裏糊塗喝了一點，再次昏昏睡去。

半夜冷醒，草原上的氣溫，晚上比白天要差二十幾度，幾乎是置身冰雪之中，大洋快要被凍死，全身發抖。少女給他加上一張很大很厚的犛牛被，還是不夠。

最後，少女只有整個人鑽進被裏，抱住他。但是大洋一點轉好的跡象也沒有，還在顫抖。

「這怎麼行？」一個女人的聲音傳來：「要脫衣服呀！」

少女含羞地把身上穿的一件件褪下，大洋朦朧之中看到她那沒有發育完成的胸部，但乳首已圓腫地漲起。女人過來幫手，很快地把大洋脫光，命令少女：

「抱緊他！」

大洋感到少女的體溫，她用修長的腿攬緊他，但還不能止住寒意。女人向少女說：「讓他動呀！動了血液才能流通！」

少女拼命服侍，但笨手笨腳，女人看得性起，自己把身上的東西除掉，從大洋的背後抱緊着他。豐滿的奶房不停地磨擦。女人的雙手向大洋下身摸來，大洋開始有點反應了。女人把少女推開，跨了上去，將大洋引進，接着以比騎馬更劇烈的動作迎送，大洋興奮，全身發熱般崩潰。

「媽！」少女拼命喘氣：「我沒來過，我也要！」

女人笑了：「傻丫頭，他已經出來了，現在身體還不能馬上再來，留着明晚才給你吧。」

翌日，母女再讓大洋吃羊肉塊，再餵他喝湯。大洋對藏藥有點認識，聞味道是旺拉草，有強精的作用。

晚上，兩人再裸身抱住大洋，但媽媽沒有遵守她的諾言，還是把大洋獨霸了。

連續幾晚都是如此，少女乘母親不在，偷偷地告訴大洋：「媽不是人，是鬼。在去年的冰雪中掉進湖裏溺死的。」

但是，鬼怎麼能和人做愛？大洋笑了，不相信。這時女人走進營帳，見少女鬼鬼祟祟，把她趕了出去，問大洋：「死丫頭跟你說了些甚麼？她才是鬼，去年一場瘟疫，她和她老爸都是病死的。」

大洋一把抱着她，和她纏綿。雖然女兒已那麼大，女人的身體沒有走樣。像熟透了的哈密瓜。

再過了幾天，大洋已完全康復，乘母女去牧羊，大洋騎着馬到小鎮上去找酒喝。一個大喇嘛忽然出現，向他說：「你的陰氣太重，活不了今晚！讓我來救你！」

剛剛病好，活生生地，怎麼有陰氣？大洋笑了一笑，不理他，繼續喝酒。

到了晚上。女人用口。大洋一次又一次的噴發，沒有停過，真像會死去一般。

營帳打開，大喇嘛出現，用銅製的菱形法器，直向母親頭上敲撞，發出咚咚的巨響，女人哀鳴，無反抗之力。

「敲破頭蓋骨，才能消滅這群妖怪！」喇嘛大叫。

眼看母親的頭就快碎裂。雖然是鬼，但總救了自己一命，大洋再也忍心不下，撲了上去，硬接喇嘛最後一招，痛入心肺。

「造孽，造孽！施主有慈悲之心，不會有事，也不用貧僧再多管閒事。」說完大喇嘛一陣煙似地消失。

波濤的一夜終於度過，翌日少女又來打小報告：「我媽被你感動，說天下再也找不到像你一樣的男人，要跟你殉情！殺了你之後自殺。」

「自殺？」大洋有點恐怖：「鬼不是已經死過的嗎？怎麼自殺？鬼自殺後會變成甚麼？」

「魂消魄散，無影無蹤。」少女說。

大洋豁了出去，再也不怕，狂笑後說：「她死後無影無蹤，我死後變鬼，我們還是不能在一起呀！」

不知不覺之中，母親已站在兩人身後聽到，問大洋道：「你有甚麼建議？」

「維持原狀，不更好嗎？」大洋懶洋洋地說。

母女都被大洋說服，大力點頭。

「媽，你答應過的事，可要照辦！」少女說。

「知道了，死丫頭，別再囉哩囉嗦，上路吧！」女人笑得真美麗。

草原上，三人策騎，奔向夕陽。

雙精記

林大洋來到阿姆斯特丹，他一向對這個都市情有獨鍾，並非他可以公開抽大麻，而是非常古雅，並有很多河流。河總是比海寧靜。

這次剛好趕上荷蘭女王的生日，在這一天，整個阿姆斯特丹變成一個全世界最大的跳蚤市場。家家戶戶都把舊東西擺在門口賣。有了交易，也不必繳稅給政府。

男男女女穿着奇裝異服慶祝，連小孩子也畫了大花臉。荷蘭人從小體驗這個歡樂的節日，終生不忘，向荷蘭朋友提起女王的生日，總會對你額外親熱。

林大洋走過一家人，沒有父親，女的扮成一隻黑白的母牛，三個可愛的女兒分別是十八、十七和十六歲左右，是三隻小牛，賣自家製的牛奶糖。

一陣強烈的味道把大洋吸引住，像在田園焚燒野草，雖然不好聞，但完全自然，一點也不做作。

大洋感到全身舒適無比，輕飄飄地，身置雲中。甚麼事都不想做了。節奏強烈的音樂傳來，那三隻小牛圍着大洋起舞，大洋跟着她們狂歡，跳得忘我。

開始熱起來，三隻小牛脫掉牛衣，各自顯出驕人的身材，她們都不戴乳罩，胸部隨着音樂波動，全身汗，大洋看到她們貼在底衣粉紅乳首。

身後，更有兩團軟熟的肌肉頂着，回頭一看，是那大母牛的母親，才不到四十歲，還是那麼美艷，一把把他抱住，大洋情慾高漲，恨不得馬上得到她。

迷迷糊糊之間，四個女人把大洋帶上樓，荷蘭住宅的樓梯總是那麼狹小。大洋爬上一層又一層，好像永無止境。

走進客廳，林大洋感到一陣熱氣，一看是一間種滿綠色植物的溫室。每棵植物都有人那麼高，頂邊的幼葉，似花非花，毛茸茸地滴着水珠，非常誘人。

臥室中有一張巨床，佔滿整個房間，四個女人推大洋躺下，床墊乾淨，上了漿，磨擦在身上，大洋知道這是苧麻的織法，在日本只有小千谷這個地方才做得出，非常昂貴，想不到荷蘭人的技術更高，把麻織得如絲似錦。

四個女人把大洋的衣褲褪下，自己也脫得精光，撲了上去。從她們呼吸，大洋聞到股強烈的草味，吸進身體，感到血液都集中在一處。

騰雲駕霧之間，大洋的戰態抵達頂峰，和這四個女人，豈止是三百回合？經過不知多久，終於靜止下來。母女們得到滿足，喘氣地圍住大洋睡去。

起身，母女們已把食物捧到房間裏來，各種芝士、香腸和麵包，但缺少了紅白餐酒。林大洋飢渴如焚，狼吞虎嚥。

為甚麼那麼簡單原始的東西，竟然是那麼好吃？大洋吃着的那口麵包，像有蜜糖湧出。喝的礦泉水，有如瀑布湧進口裏。

小女兒遞上毛巾，姐姐們把大洋的嘴邊食物擦掉，母親赤裸地走了進來，大戰又開始了。

這次的食物由甜品代表，變化無窮的朱古力和雪糕，林大洋沒有嘗試過這麼可口的，如果有瓶陳年的砵酒，這一餐更加完美，但母女拿來的是杯咖啡。朱古力雪糕和咖啡之中，都有濃郁的草味。

歡樂重複又重複，日子過得快，林大洋在母女的家中過了八天，從來沒有出過門，感到體重已增加了好幾公斤。

今天，乘她們睡去，林大洋穿了衣服，走出外面呼吸新鮮空氣。

希爾頓酒店附近的河邊，有一棵大樹，樹幹三個人包圍不住般粗，樹根盤地，吸收養分至少可養千千萬萬的葉子。林大洋每次來到阿姆斯特丹，一定要來看這棵樹。

樹底下站着一個全身紅衣的少女，向大洋招手。

「你快點走吧。」少女說：「再不走就來不及了。」

「你是誰？」大洋問。

少女說：「先別管我是誰。纏住你的母女不是人，她們是大麻妖精。」

「大麻妖精？」

少女點頭：「她們把你迷得懵懵懂懂，又把你養得肥肥胖胖，最後會剁開你一份一份分來吃掉。」

「別聽她的鬼話，她才是妖精！」大洋身後傳來呼喝聲，母女四人不知道甚麼時候出現。

「走！」紅衣少女拉着大洋的手狂奔，四人從後窮追。

在紅衣少女身上，大洋聞到一股許久未曾接觸到的香味，把她抱得更緊。

「吻我吧。」少女說。

大洋情深地親着她，吸到的是白蘭地、威士忌、伏特加、特奇拉和它們混合的雞尾酒，全身血液奔騰，那種輕飄飄的感覺與抽大麻完全不同，是強烈的，是外向的，是更歡樂的，不像大麻那麼靡靡和消沉。

「我們不必再逃了。」大洋說。

兩人站穩，一回頭，那母女四人，一個個消失。

大洋溫柔地擁抱着少女：「你也不是人。」

少女笑得花枝招展：「老朋友了，你怎麼忘記我的名字叫酒精？」

朝顏的故事

林大洋一身攀山的裝束，隨着探險隊，爬上天山。

別人為了征服高蜂，大洋另有目的。來到天山，主要的是想找到雪蓮。

一片迷濛，是雲還是霧？大洋已沒有心情去辨別。那麼寒冷的天氣下，大洋還冒着一身汗，他如果沒有找到那棵雪蓮，就救不了朝顏。

朝顏是大洋心愛的一個日本女子，愛花如命，以花為名。

大洋最初遇到她的時候問：「朝顏到底是哪種花？」

「就是中國人叫的牽牛花，英文名 Morning Glory，和日本的意思比較接近，到底是誰影響誰不知道，但是古典小說《源氏物語》中已經出現這朵花，提到早上開得特別燦爛。」

兩人是在插花藝術展覽會認識的，邊走邊談。

「我不但愛看花，還愛吃花呢。」朝顏說。

「金庸小說裏有個叫香香公主的人物。」大洋說：「她也吃花。」
「我讀過，《書劍恩仇錄》有日文，是德間出版社翻譯的。」朝顏說。
「但是愛花的人，怎會想到去吃花？」大洋問。
「不吃，花也會凋謝。好在花不知道痛。就算有感覺，也寧願給欣賞它們的人吃掉，生命才有價值。」朝顏說。
「我想試試朝顏的味道。」大洋說這句話時不帶輕佻。朝顏點頭默許。從此二人來往，但沒有碰過對方的手，話題盡在花卉和文學。
大洋在海外時，聽到朝顏入院的消息，即刻趕去見她。病房外，朝顏的母親等待着。
「到底是怎麼一回兒事？」大洋即刻詢問。
「花粉症引起的。」她媽媽說。
「花粉症？」大洋吃驚：「朝顏從小在花叢中長大，怎會對花粉敏感？」
「我們起初也不能相信，」媽媽說：「有一天，朝顏起身，噴嚏打個不停，怎麼找也找不出原因。後來把擺在家裏的花一拿開，就好了。」
「就算是患了花粉症，也不致於嚴重到要進醫院呀！」大洋越問越急。

「朝顏是因為身體弱才病倒的。沒有了花，一天一天消瘦下去，真是想不到那麼愛花的人，竟然會被花害死了。」朝顏母親開始哭泣。

「醫生怎麼說？」

「我們看遍了專家也得不到結論，後來遇到一個江湖術士，他說只有中國天山的雪蓮才會醫好這個怪病。」

「天山雪蓮？那是小說中才出現的情節，現實生活裏哪有雪蓮？」大洋心中嘀咕。

「你進去看看她吧，她最想見的人是你。」

朝顏躺着，整個人瘦得像凹進床裏去。不流淚的大洋也淚下，朝顏伸手為他拭乾。

「這是我第一次撫摸到你，」朝顏說：「每一次見面，我都想你抱緊我。書上寫的男女的快樂，我從來沒試過，我……我真想知道甚麼是高潮。」

大洋即刻要衝前，但那麼微弱的軀體，一抱就變成碎片，大洋強忍轉過頭奪門而出，但心中大喊：「我為你找雪蓮，我為你找雪蓮！」

蓋天的烏雲中出現了一線強烈的陽光，照着雪中一大朵粉紅色的花，那不是雪蓮是甚麼，大洋大喜若狂，一手採下，衝下山去，不休不眠走了三天三夜。

從天山來到上海再轉機飛東京，又是一整天，日本的海關嚴禁帶植物入境。大洋把雪蓮藏在背包的底部，用衣服遮住。趕到醫院時，雪蓮已經發黃，不成花形。只見朝顏的母親走出病房，搖搖頭。

不知經過多少歲月，林大洋今天早上在太平山頂散步，看見一戶富貴人家的籬笆中，無數的朝顏盛開，大洋癡癡看着，回憶往事。

「大洋。」有人在他腦中呼喚。

「朝顏！是你嗎？是你嗎？快走出來讓我抱抱。」大洋狂叫。

「我現在只是個游魂，你抱不着我的。」

大洋好生失望，又聽到朝顏關心詢問：「最近你在忙些甚麼？」

「沒甚麼，有空寫寫夏天的鬼故事。」大洋說。

「很恐怖的？」

「不，」大洋笑了：「美麗的。多數有個快樂的結局，可惜我們的故事，是那麼悲傷。」

「誰說的？」朝顏也笑了。

「那……那麼你的願望呢？還不是達不到？」大洋問。

朝顏說：「上面的人對我很好，給了我一個禮物。」

「甚麼禮物？」大洋好奇。

朝顏說：「我看到花，還是打噴嚏，每打一個噴嚏，腦裏就有一次高潮。等我修煉回肉身，再來找你。那時候，來一次真的。」

阿寒湖的阿寒

林大洋不像一個喜歡用電腦的人，但是他出國旅行，帶了一個很薄的，而且，怪是怪在他只去日本時才裝進行李裏面，去別的國家，卻不見他有這種行為。

我幾次想問他，到底手提電腦中有甚麼資料？但都忘記，後來才知道，原來有這麼一個故事。

一回，林大洋從大阪乘汽車到金澤，兩個半鐘的距離，不算太遠。

傳說中，金澤是因為有個種芋頭的，為人敦厚，上天保佑他，讓他在種芋頭時，挖到金塊，所以後人把他住的這個地方，叫為金澤。

城市靠海，水產豐富，當地人吃螃蟹，和張大千吃大閘蟹一樣，只吃膏，肉棄之。暴發戶心態也相當重，喜歡用金箔塗在漆器上，但也甚有藝術氣息，尤其是金澤地區產的紙傘，出名美麗。

林大洋一直想要一把紙傘，他對布製的一點興趣也沒有，紙傘發出的油味，更令他着迷。來到金澤的時候，又剛好是晚夏的綿雨季節。

在老匠人的店裏，紙傘的種類數之不盡。大洋本來選了一把雄赳赳、傘骨紅色、傘肉是黑的，但嫌單調，還是買了那把綠色的傘。塗着楓葉的花紋，本來應該發紅，但這把傘大膽地不帶秋意，傘骨和傘肉都是清一色的碧綠，雖然是很女性化，但林大洋認為自己喜歡就是。

就這麼一把紙傘，要賣近千元港幣，但這並不是一把傘，是藝術，而藝術是無價的。

忽然，林大洋想去北海道。他的旅行，總是那麼沒有目的，一東一西，也不在乎。從金澤去北海道，需乘車到小松，飛去西羽田，轉機到釧路。別以為日本很小，這兩程內陸機，也要花上整天功夫。

為甚麼到釧路呢？因它離阿寒湖很近，阿寒湖有一家叫「鶴雅」的旅館，是整個北海道最舒服的。

林大洋在幽靜的阿寒湖畔散步。天雨，他打着那把心愛的雨傘，與綠色的湖水極為相襯，清澈見底，有很多毛茸茸水藻，叫 Marimo，是倭奴語。這種東西生長得極慢，一年才幾公分，要長得像乒乓球那麼大，至少也需三四十年，是受國家保護的瀕臨絕種植物。大洋拿了電子數碼照相機一一拍攝。

有點寒意，是折回旅館浸溫泉的時候了。「鶴雅」有兩個露天溫泉，一個在屋頂，可以一面浸一面望星星，另一個是庭園式的，在岩石和松樹之間挖了一個池子，大洋選了後者。

並非旅遊季節，溫泉中除了他之外沒有其他人，大洋感到寂寞。忽然，他對面出現了一個赤裸的少女，笑嘻嘻望着他。

記得這家旅館並非男女混浴，但女人跑來和男人一齊洗澡，當然無任歡迎，不過這個女子是從無到有，大洋還是嚇得一跳，忘記去欣賞對方的乳房和細腰，只知她艷光四射，並非人間可以找到。

「哈哈哈哈，」少女頑皮地大笑：「你猜得對，我不是人，是鬼，是個日本鬼。日本鬼不叫鬼，叫幽靈。」

「幽靈也得有個名字。」大洋故作鎮定地說。

「我叫阿寒。」

「就是這個阿寒湖的阿寒？」日本發音為Akan，大洋不問清楚的話，有許多同音的漢字。

少女點頭。

「阿寒是你的本名？」

「不，」少女搖頭：「我來北海道旅行，愛上阿寒湖，名字也改了和她一樣。」

「愛得連家人也不要了？」大洋問。

「阿寒愛得連父母也忘記，愛得整天流連，愛得溺死在裏面。」日本人有叫自己名字的習慣。

「跳下去浸死的？」

少女說：「阿寒沒那麼傻，是去拾Marimo的時候，不小心跌進去。阿寒湖太冷了，阿寒凍死在阿寒湖裏面。」

「你是來找我當替身的嗎？」大洋有點怕，但是還是單刀直入問這問題。

「沒那麼老土，阿寒要是找替身，早就在阿寒湖邊把你拉進去。」阿寒說：「阿寒愛阿寒湖，是不會離開她的。」

大洋知道阿寒沒有惡意，膽子開始大起來，孤獨的旅行已有一段日子沒有接近女色，望着她雙腿之間，應該硬的地方發硬。

「啊，」阿寒叫了起來：「阿寒小的時候看過爸爸的，長大了就沒接觸過。這東西，真奇怪。」

大洋溫柔地擁抱着她，將它插入，微紅的血液，浮在水面上。阿寒全身顫抖：「原來這回事是這麼美妙，你以後再來，別忘記找阿寒。」

「但是你說過不離開阿寒湖的。」大洋說。

「阿寒可以躲進你那把紙傘。」

「我總不能到哪裏都將這把女人用的傘隨身帶着呀！」大洋說。

「幽靈也跟着時代進步的，」阿寒說：「你用你的數碼相機把我拍下來存進去，以後帶着電腦，一按鍵，我就出來陪你。」

大洋大喜，即刻照辦。閃光燈一閃，阿寒不見了。這就是為甚麼大洋每次到日本旅行，都帶着電腦的原因。

深秋寒山寺

深秋。林大洋到了嚮往已久的姑蘇寒山寺。

沒有想像中那麼大，外面的楓橋也小，但擠滿了遊客，與古時上香的人明顯不同。

佛像左右站着寒山、拾得像，看得出匠人的作品，毫無靈氣，各處壁上寫滿那首聞名於世的詩，紀念品店中的拓本。印了又印，已與原跡完全不同，都走了樣。

忽然聽到鐘聲，林大洋看錶也不是甚麼特別應該敲的時辰，更非師傅的早課。原來只要花五塊錢人民幣，就給客人爬上鐘樓敲個不停。

有團帶四川口音的人一面喧嘩，一面隨地吐痰，看得林大洋火滾，大喝一聲：「佛門重地，不尊重自己，也要尊重別人！」

那群人憤怒地望了林大洋一眼，正想發作，剛好有兩個公安人員走過，也就作罷。

「罵得真過癮！」女子的聲音從林大洋身後傳過來。轉頭一看，是個身穿唐朝服裝的美女。

「幹甚麼，拍電影？」林大洋問。

「甚麼叫電影？」女人問。

電影都沒聽過，一定是個瘋婆子，大洋心想。

「怎麼一見面就罵人？」女的聽得出大洋心中話，嬌聲道：「看到漂亮的女人不會欣賞，你才是瘋子。」

「那你是甚麼人？」大洋有點驚訝，還是問到底。

「我叫明明，是一個青樓女子。」明明說，「不過，我是不賣身的。老鴇逼我，我從楓橋跳下去溺死的。」

大洋笑了，「那你是鬼了？」

「叫幽魂比較好聽。」明明說，「我常來這裏和寒山、拾得聊天。」

「我才不相信你是個幽魂。」大洋說，「除非你把他們兩位也請出來。」

「那可容易。」明明說，「他們本來就在這裏，有人一敲鐘，他們就會出現，煩死他們。」

「怎麼我看不到？」大洋問。

明明回答：「他們會變身的。剛才你看到的那兩個公安，就是寒山、拾得。」

「胡説八道。」大洋笑罵。

「信則有，不信則無。」兩個蓄長鬚穿着皮背心，寬褲腳牛仔褲，耳朵旁邊插着花的男人傳來。

寒山、拾得怎會是這個樣子，大洋心想。

兩人笑了，「這套服裝是嬉皮士送給我們的。」

「你們哪一個是寒山，哪一個是拾得？」大洋笑着問。

高一點的指着矮一點的，矮一點的又指着高一點的：「我是寒山，他是拾得。或者，他是寒山，我是拾得，名字罷了，有甚麼要緊？最重要的，是明明喜歡我們哪一個？今天非問個清楚不可。」

「兩個都愛。」明明説。

「不行，一定要選一個。」他們説。

明明猶豫。

「你看。」兩人說，「一不能決定，人生憂患就開始！」

大洋轉話題：「我讀過《寒山子詩集》，是寒山寫的，還是拾得寫的？」

「是拾得寫的，也是寒山寫的。好詩就是，誰寫的都是一樣。」兩人回答。

「不同呀。」大洋說，「李白寫的就是李白寫的，名傳千古。」

「李白死了，還知道甚麼？」兩人說。

「你們死了做鬼，李白也有靈魂呀，也許他也飄浮在世呢？」大洋說。

「只有像我們這種不在乎的人才做得了鬼，太過認真的，魂魄早散。我們也沒有甚麼人記得，靜寂了幾百年。後來西方出現了疲憊的一代，才把我們捧上天去。他們的徒子徒孫嬉皮士，更把我們當神拜，有兩個從加州老遠跑來這裏，我們現身，閒聊之後，他們要了我們的袈裟當紀念，就把他們穿的東西和我們交換了。」兩人一口氣說，「其實，像我們這樣的人物，天下每個角落都有，每一個朝代都有。」

「你們也是我的偶像。」大洋說。

「你只是想，不敢去做。」兩人不客氣地指出。

大洋心中有愧，低下了頭。

「你已經不錯，至少讀過我們的詩，算是老朋友了。」

「我只會吃吃喝喝。」大洋含羞：「到底，做人應該有甚麼目的呢？」

寒山、拾得回答：「試問何謂人真諦？舊友新妓白蘭地。」

「舊友新妓，真是可圈可點。但是你們的年代也有白蘭地？」大洋問。

「笨蛋。」兩人罵道，「早已經說過，名字有甚麼要緊，酒還是酒，管它甚麼花雕高粱威士忌？」

「是，是。」大洋恭敬點頭。

「喂，你選中了誰沒有？」兩人問明明。

明明說：「我已經決定了。我喜歡這個笨蛋。」

寒山、拾得同說：「你們已經沒有煩惱，去吧。」

明明擁抱着大洋，兩人走遠。

秋天的鬼故事

深秋。強風的晚上落葉。

應該講的鬼故事，也講完了。

林大洋坐在黑色大理石的書桌後，已感到有點疲倦，對着空白的稿紙，不知道寫些甚麼。

看看那兩扇巨大的落地窗，沒有鎖緊，砰砰嘭嘭被吹開，又關上。

忽然，一陣濃霧吹入，變成白影。

是不是美麗的女鬼又出現？林大洋期待着。這一回兒，又是哪個國家的幽靈？

白影的旁邊，又有黑影。

兩個影子終於凝成了兩個人樣，不不，應該說是兩個鬼樣，一黑一白，都是高高瘦瘦，但極有風度，又是西裝筆挺，顯然是兩個鬼紳士。

「你！你們不是人？」林大洋心中震盪，但強作安定，不讓對方看到他正在恐懼。

「我叫無常。」白衣紳士說。

「我也叫無常。」黑衣紳士跟着說。

「黑白無常？」林大洋笑了出來：「我還以為你們是戴着高帽，吐出舌頭的。」

「那是老一輩人把我形容得那麼古怪。」黑白無常同時說：「現在是甚麼年代了？我們雖然是地獄使者，但也要跟隨潮流，打扮打扮的呀！林先生，你好。」

兩個伸出手來。

「是來抓我的？」林大洋心想，但對方有禮貌，自己也不可以畏縮，大方地和他們握手。

一陣劇痛，黑無常扣住大洋的腕，白無常的手中好像有一根針，把大洋刺了一下。

「初次見面，怎麼就傷害人？」大洋喊了出來。

「對不起，對不起。」他們說：「檢驗一下罷了。」

「檢驗？」林大洋問。

「你命書上批得不錯。」黑無常的眼珠像吃角子老虎機上下轉動，白無常的眼珠像走馬燈圓圓圈圈的一下子白，一下子黑，不停地計算和判斷。兩顆燈又同時叮得一聲，在他們的頭上閃亮。

「剛才刺了你，目的是取血液分析。」白無常說：「你的血糖過高。」

「你的脈搏跳得太厲害，心臟負荷過重。」黑無常和白無常不同，是用中醫術診斷。

林大洋強忍下來開玩笑：「血液中沒有檢查出愛滋吧？」

兩人搖頭：「但其他毛病可大。」

「我一生暴食暴飲，不生毛病才出奇。」林大洋說：「沒有愛滋，要走也走得漂亮一點！」

「你不覺得太年輕不值得嗎？」兩人詫異。

「甚麼叫做不值得？」大洋說：「我活得比別人多出幾倍，有甚麼不值得的？」

黑白無常拿出大洋的檔案翻查：「是的，你去過的地方真多，認識的女人也不少，連女鬼也泡過，你這一生算是沒有白活。」

「現在是深秋，冬天快要來到，要走，是個好時候。」林大洋微笑着：「我從小時候就一直在想，人生了出來，白天是一個開始，到了晚上睡覺，可能就那麼死去，生命就是那麼脆弱，我已經享受過春季、夏季和秋季了，比起早上到夜晚，已算過得長。」

「你說話真有點意思。」黑無常說：「最近很少拉走你這樣的人。」

白無常也起了同情心：「你還有甚麼心願？我們有的是時間，不必急這幾個時辰。」

「沒有心願。」大洋說：「喝杯酒就上路吧。」

「好主意！」兩個無常同時叫出來。

大洋從櫃中拿出那瓶最好意大利Grappa，三人分着一下子乾了，再開幾瓶法國佳釀。同時，也打開古巴的雪茄盒子，各人抽一桿巨大的邱吉爾，吞雲吐霧。

「做人甚好。」黑無常彈掉煙灰：「我們在下面就享受不到這些東西。要是能再賭幾鋪，就完美了。」

「這倒不難。」林大洋又拿出一副象牙雕的古董麻將牌來：「可惜我們缺一腳。」

忽然，碰的一聲，落地窗又打開，出現了一個戴假髮穿黑袍的大漢。

「閻王！」黑白無常嚇得一跳，叫了出來。

「叫得難聽死人了。」閻王說：「應該稱呼我判官大人！」

「判官大人！」黑白無常遵命。

閻王笑嘻嘻地摸着假髮：「這東西我一直想戴，今天可完成了我的願望。你們看，威不威風？」

「比你的舊形象好得多了！」大洋拍馬屁。

閻王大樂：「好好好，喂，你們還等些甚麼？」

「是，大人，我們即刻把他抓走。」黑白無常指着林大洋。

「笨蛋，我是說開檯呀！」閻王笑罵。

「到下面去打也不是一樣嗎？」黑白無常問。

「罵你們笨蛋就是笨蛋，你們不是剛剛說過，下面哪裏有那麼多東西享受？」閻王罵個不停。

四人坐了下來，打到天明。

明天，又是另一天的開始。外面就快下雪，春天也會來臨。到了夏天，林大洋又想起講鬼故事了。